庠序聞見

潘銘基 著

千尋出版社

責任編輯　毛宇軒
裝幀設計　涂　慧
排　　版　周　榮
責任校對　趙會明
印　　務　龍寶祺

庠序聞見

作　　者　潘銘基
出　　版　千尋出版社
　　　　　香港筲箕灣耀興道 3 號東滙廣場 8 樓
　　　　　http://www.commercialpress.com.hk
發　　行　香港聯合書刊物流有限公司
　　　　　香港新界荃灣德士古道 220–248 號荃灣工業中心 16 樓
印　　刷　新世紀印刷實業有限公司
　　　　　香港柴灣利眾街 44 號泗興工業大廈 13 樓 A 室
版　　次　2024 年 12 月第 1 版第 1 次印刷

ISBN 978 962 25 5150 3
Printed in Hong Kong

封面上方及封底所用圖片由香港中文大學官方網站提供。

我與中大中文系擦肩而過

—— 序《庠序聞見》

香港中文大學中文系潘銘基教授又有新作面世，邀請我作序，由於不少文章是在灼見名家傳媒首發，我義不容辭，連夜把書稿看完。有些文章之前看過，再看仍深受感動。

《庠序聞見》寫潘教授在學府近年的親身體驗，很感親切。在新聞界工作超過 35 年，我最喜歡的題材是高等教育，每到一個陌生的城市，我都想看看那裏的大學，有甚麼獨特的人文景觀。中大校園擁有靈山秀水，令人嚮往。潘教授能有機會受教、授業多年，令人羨慕。我與潘教授有些相同的經驗，預科修讀中文，我當年修讀中大預科，先後兩次應考中大入學試。第二年有機會獲得中文系筆試、面試的機會，在中國文化研究所流連忘返，可惜未獲取錄。第三年我以港大預科中文優異成績加中大預科舊成績再報中大中文系，面試後仍不能中榜，終於選擇入讀港大中文系，無緣與潘教授做系友。

港大與中大中文系的定位有點不同，港大中文系歷史悠久，2027 年將迎接 100 周年，早年是文、史、哲、翻譯，甚至藝術、考古的課程都涵蓋。80 年代我唸書時沒有甚麼必修科，同學各取所需，有些盡選八張文學，有些則專攻歷史，有些醉心先秦諸子或佛學，有些深研中國近三百年思想史，每位畢業生都各有修煉，各自精彩。看潘教授的文章才認識中大中文系有不少必修及選修科，琳瑯滿目，比港大豐富。中國文化博大精深，我覺得有一定的必修科有好處，基本功會扎實一些，畢業後當老師不會書到用時方恨少。

像潘教授那樣，在繁重的教研工作以外，願意在不計算學術成果的報刊網媒寫文章的大學老師愈來愈少。我唸大學的年代教授拿了終身職後，日子過得可以很逍遙，閒來可以寫報刊專欄，之後結成文集，甚至可以成為暢銷作家。有些教授上電台、電視開咪，或者成為時事評論名嘴，專家論政甚受社會重視。近 20 年各所大學都往研究型發展，老師發表論文壓力甚大，願意在非學術的園地分享，已經變成「稀有動物」。潘教授孜孜不倦分享在學府的所思所想，中文系學者願意走出曲高和寡的象牙塔，面向羣眾，令人敬佩。

中文系多用母語或普通話授課，師生關係比較密切，潘教授在書中回憶的兩位非本地老師鄭良樹教授及吳宏一教授我都接觸過。我在 1994 年進中大政治與行政學系念兼讀的哲學碩士，都是白天上課，黃昏至深夜到報社上班。我的論文指導老師鄭赤琰教授與鄭良樹教授都是星馬人士，經常見面。我偶有機會與兩位鄭教授一起吃午飯，無所不談，可惜沒有機會旁聽他在中文系有趣的課。近年我擔任嶺南大學中文系顧問委員會成員，有一兩年與吳宏一教授一起開會吃晚飯，他很有學者風範。潘教授的老師何文匯教授是我的港大中文系師兄，才高八斗，在中大中文系任教多年後出任大學教務長。他一直非常熱心社會的文化事業，寫文章、做話劇、當評判、拍視頻，推動文教、提攜後輩不遺餘力，受人景仰。正是何教授的引薦，我在四年前認識潘教授，幾年來他為灼見名家傳媒舉辦的「腹有詩書」—— 全港小學校際中國語文常識問答比賽提供了很多寶貴意見及幫助，身體力行，盡心盡力推動傳統文化，毫不計較。

書中描寫了不少中大四時自然景物，校園之美，令人神往。唸港大我最沉醉在古老的文化，在受保護的本部大樓中文系上課，在歷史悠久的明原堂住宿，在書香四溢的中文學會擔任主席，在名人輩出的學生會當副會長，兩所老牌大學，各擅勝場，我有幸能涵泳其中，是難得的福氣。我在中大唸碩士那幾年，不再有本科生那份寄情山水的閒情，無法像潘教授擁有那樣可以近距離觀魚賞鳥的逸致，每次返校都是來去匆匆。我反而爭取機會訪問校內知名學者如高錕校長、李國章院長、金耀基院長、李金銓教授、翁松燃教授等，大大豐富了我的新聞事業。

讀聖賢書，所為何事？中文系的老師與學生都應該有一份承傳中國文化的使命感，任重道遠。潘銘基教授是專研儒家文化及古籍專家，勤於著述，樂於分享，新書付梓前有幸讓我先睹為快，預祝洛陽紙貴。

文灼非

灼見名家傳媒社長

自 序

大學是社會的縮影。

這是一句老掉牙的說話，但也說出了真相，同時也說明了社會的問題都在大學裏有所呈現。

我在一九九六年香港回歸前進入香港中文大學，在這幾年裏開展了大學的學習生涯。嗣後，在這裏讀碩士、博士，以及學位教師教育文憑，真的是在十八歲以後能夠奉上的學費，都交給了香港中文大學。校園的環境不斷改變，我會說，基本上向着主觀地自我感覺美好的方向。自然環境有所變化是小事，我們更重視的是中文大學的人文精神。要知道，沒有人在其中，任何自然風光都是徒然。例言之，唐代柳宗元寫出了優美的永州八記，永州因為柳宗元的加持而聲價十倍於前。同樣道理，中文大學在 2023 年慶祝六十周年校慶，六十年的景觀算得上甚麼？在全校師生的努力經營下，中文大學才有淳厚的人文精神。因此，本書時常提及大學校園的海山勝境，其實重點反而在人之上。大學由師生共建而成，風景本無二致，成了有我之境，一切都變得有意義了。一草一木，甚至一幢建築物，人生其中，蓬蓽生輝，立刻有了靈氣。崇基學院未圓湖有一棵銀杏樹，只看樹木本身，美則美矣，世多有之！有一次，容拱興博士以八十多歲的高齡，帶領幾個人環湖一周，巨細無遺地將銀杏樹的故事娓娓道來，我有幸參與其中。其他的不多說，有兩點特別值得分享，一是銀杏又名公孫樹，寓意由栽種到大量結果，大概要歷經三代人。這棵銀杏正是容博士從種子開始栽培，至今數十年，才有今天所見每年的開花結果。「十年樹木，百年樹人」，樹木已數十年，樹人則要用上更多的時間。容博士在我考進大學本科的那一年已經退休，但在往日的日子裏，一直心繫崇基。大學由人構成，觀此而知不虛矣！二是這棵銀杏，如今用來紀念前院長傅元國教授。在樹木旁邊樹立一塊名牌，看似事小，其實意義重大。樹木與樹人，二事相得益彰，念人以樹木，使人們懷感恩之心，人文元素為景觀添上了無限的姿采。

香港變了，是這幾年來朋友碰面時常見的對話。其實，不單是香港，放眼世界各地，舉目看古今中外的歷史，便知道變幻原是永恒。或許這樣說，只有變幻才是不變的。與其緬懷過去，不如放眼現在，展望將來。在大學裏，學生一讀四年，四年一批，來如潮水，是變是不變？學生變了，但對學生的期望不變，如此合理嗎？大學教育已從精英教育演變為普及教育。兩間大學變為八間，加上許多自負盈虧的課程，大學生數量大大增加。一個社會裏的精英永遠只屬少數，我們也得承認大部分人跟你和我一樣，都是一般的人。教導精英和一般人，大有分別。普及化的大學裏仍然會有少量的精英，但硬要說成一校都是精英，那便是自欺欺人了！認識了這一點十分重要，面對一般人，不可能有着對精英般的期望！孔門弟子眾多，顏淵是精英，聞一知十；我們或以為子貢也是精英，但聞一知二，相去已遠。有教無類是孔子的教學理念，我們也不追求教導的都是精英，能夠受教已很不錯。本書裏的文章，都與人相關，反映了學校裏的各種事情。教育不單只發生在教室裏，只要時機合適，其實處處也可以施教。

全書各篇文章，大部分曾經在不同的媒體上刊登，如「灼見名家」、「香港作家網絡版」、《星島日報》、崇基學院的《崇基校園通訊》、伍宜孫書院的 “The Sunny Post” 等，在此一併致謝，諸篇在錄入本書時或略作修訂。是書復蒙資深傳媒人、灼見名家社長文灼非先生賜序，乃是全書的亮點，在此謹申謝忱。

潘銘基

2024 年 7 月於香港中文大學教職員宿舍

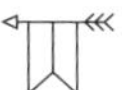

目　錄

後疫情時代

文化思辨

學系裏的聞見

中文系入學面試

大學的招生程序五花八門，本科生也好，研究生也好，總免不了面試。網上經常流傳面試官會問些怎麼樣的題目。細緻的每一道問題，當然會為考生「度身訂做」，但幾乎有一道必問題，那便是閱讀的習慣。

第一個可能的問題：最喜歡哪一部書呢？中文系的教研範圍涵蓋古今，兼及中外，舉例之餘還當說明。有些學生很老實，說高中生涯已被課程擠壓得透不過氣來，只讀了教科書。這個答案不好，但誠實得來也使考官撫心自問，誰沒有承受過公開考試的壓力呢？有些同學真的舉了一部書，卻明顯是坊間不少學校都會用來作指定課外閱讀的。這個答案有點魚目混珠，其實也跟沒有喜歡甚麼書並無二致。

有些同學膽大，說最喜歡某位古代詩人的作品。這答案很好，但要小心。例如很喜歡杜甫，然後舉出〈客至〉〈兵車行〉〈登樓〉等篇目。不要忘記，這三篇分別是教育局課程發展處給予中小學中國語文課程的建議篇章。真要舉杜甫為例的話，好歹要搬出一些〈秋興八首〉〈詠懷古迹五首〉〈戲為六絕句〉等，背誦、分析，琅琅上口，不枉自己「最喜歡」的雅名。

只能舉範文為例者，面試官只能一笑置之，將結論歸為日程緊湊，未能好好讀書。

第二個可能的問題：近來閱讀些甚麼書？有些文學碩士的課程，報讀者不乏中小學前線老師，進德修業，何其美好，誠為學界之福。有一位老師非常誠實，說學校教擔繁重，沒有喘息空間，無暇閱讀。不說謊，並反映現實，情有可原！有一位面試者使我印象深刻。「近來讀些甚麼？」「我閱讀面很廣闊，甚麼都讀，難以枚舉！」「多讀書好，面試時間有限，請舉一部最好看的跟我們介紹一下。」「但我讀書真的太廣博了，舉哪一部呢？」「沒事，都可以！」「……er……er」「任何一本都可以，跟我們介紹就可以了。」「其實我近來比較忙，沒有讀到甚麼書。」

愈是繁忙，愈需要閱讀。閱讀可以減慢生活的節奏，讓自己的腦袋冷靜下來，重新整理與出發。我們的涵養大多透過閱讀獲得，讀得愈多，我們便會成為更博學多才的人。

（原載《明報月刊》附冊《明月灣區》2022 年 11 月號，頁 33–34）

與香港中文大學一起成長的學系

香港中文大學是全港唯一有書院制的專上院校，而且，更是先有書院後有大學。香港中文大學成立於 1963 年，今年剛好是 60 週年校慶。中國語言及文學系（以下簡稱「中文系」）是創校成員學系之一，因此同樣在今年成立 60 年。

中大中文系的起點

但 60 年前並非中大中文系的起始點，早在中大創校以前，三間成員書院的中文系已經存在。中國語言及文學系是我們學系現在所用的名字，中大成立以前，三間成員書院所用的名稱或有不同，新亞書院（成立於 1949 年）初有文史系，內分中文、外文、中史、外史四組，由錢穆先生為系主任，後來中文組稱為中國文學系。崇基學院（成立於 1951 年）稱之為中國語言文學系，聯合書院（成立於 1956 年）稱為中國語文學系。據《聯合校刊》第二期（1961 年）所載，「本校中文學系為全校學生最多之一系」（頁 8）。可見中文系頗受當時學生歡迎，到了 2023 年的今天，中文大學中文系依然是文學院裏本科生學生人數最多的學系，能夠做到長時間廣受學生歡迎，恒久不變，實在難得，同時印證了全系師生持續不斷與苦心孤詣的努力。

在上世紀的「大學聯合招生辦法」(JUPAS)裏，我一直記得，中大中文系的編號是4109(現在的編號是JS4018)。那時候人很天真，特別喜歡中文大學的湖光山色，覺得地靈便會人傑，如果有幸入讀，以後必當學有所成！彼時大學聯招要選擇20個課程，依次排列第2至第20的都十分痛苦，可以的話，我想填寫20個4109(中大中文系的聯招編號)的選擇。心裏想，如果只能獲派第二志願，那我的聯招派位便算是失敗了。今天看來，這種想法未免過於幼稚，到不同學校、學系，人生的體驗肯定是完全不同的，而且許多時候人也不必時刻比拼高下。英雄莫問出處，只要能夠努力開創一片天，也就不枉任何學校作為母校的多年栽培！

傳統裏的創新

發展不一定等同走在潮流之上，秉持傳統，適時創新，固守傳統優勢也是在發展之餘不可片刻遺忘的。在研究上追新，十分認同，也必須如此。但在大學本科生的培養上，固本較諸創新更為關鍵。香港中文大學的使命乃是「結合傳統與現代，融會中國與西方」，為甚麼「傳統」和「中國」在「現代」和「西方」的前面呢？這不是優劣的對比，也不是詞彙的使用習慣，而是以「傳統」為本，參之以「現代」，適時改進與創新；以「中國」為本，會聚「西方」的優勢，貫通相融。因此，我時常認為中大中文系課程的優勝之處，正在於抓住了這種結合與融會的重心。

想起過去在母校的學習過程，老師講授的內容隨着時光的流逝而逐漸遺忘，當然每次校友聚會總會勾起許多大學課堂的回憶。不敢忘記，也決不忘記的唯有師恩。中文系的課程裏，有必修科，有選修科。所謂必修科，同學時常謔稱為「逼修科」，即學系強迫我們修讀的學科。只要沒有選擇權，任何好東西我們都會以為不好。其實，為甚麼會有必修科的出現呢？那是因為我們以為這是最重要最好的東西，是作為中文系學生不可以或缺的重要成分。讀大學本科的時候，當然不會明白這個道理。只記得當年中文系的必修科特別喜歡編排在每天最早的課堂。曾經有一個學期，星期一至星期六，六天裏有五天的早課，絕大部分都是中文系的必修課。最可怕的是星期六早上也有課，在一幢學生宿舍裏，唯有中文系同學是「晨興理荒穢」的。好處是午後中文系同學都可以跑去當私人補習老師，賺些外快，幫補學費，好不快活。

千里之行，始於足下。任何事情最重要還是打好基礎。中文系的學科結構分為四大範疇，同學選科，學系研究，皆圍繞着四者出發而各不偏廢。必修科的課堂更是迎新營組聚的好時機，文學概論、實用語法、古籍導讀、文字學、聲韻學、文學史專題等都是大班。從前的課堂都要抄筆記，老師認真的板書，從右至左，整整齊齊，洋洋灑灑；同學們大多帶同自己的筆記簿，筆走龍蛇，聊天的時間也沒有，鴉雀無聲，一課完畢，大家都累得筋疲力竭。當年的課堂我都錄音，因怕老師講授太快，自己未能吸收。錄下來了，然後每天黃昏開始便到牟路思怡圖書館的一角，重聽老師的講授，以及整理課堂上所抄錄的亂七八糟的筆記。今天，老師除了要為學生提供整理好的筆記以外，更要將講課的 **PPT** 也同時奉呈，好客之都，就是香港，所言不虛，此為顯例！

必修的還有小班教學的寫作訓練、詩選及習作。前者是白話文名篇的閱讀與創作，後者則是古典詩歌的閱讀與創作，二者同樣是以讀帶寫的課程，而且古今並重。記得當年的寫作題目，有古有今，更結合時事，關心社會，口講無憑，援之以筆，傳之以文，也使不同的科目與當下扯上了關係。所有的必修科目，結合起來就是任何以中文為專業的人都必需具備的基礎知識。這些基礎知識，學懂了也不過是中文專業的皮毛，但沒有這些皮毛的話，也就枉論甚麼進德修業了。

科目的名稱畢竟只是為了主題範疇而服務，以上的必修科，分別歸屬到古典文學、現代文學、古代文獻、語言文字四個範疇。從前，老師跟我們說，中大中文系是全香港最完整的中文系，讀書的時候不求甚解，老師說完整便完整了，我們也不深究。今天我也特別強調要有這個基礎，根基打不好，往後的一切都是空中樓閣。必修科就是最牢固的基礎，也是中大中文系最要維繫的傳統。

創新永遠也在進行，止於至善，永無止境。這麼多年來，新的科目當然一直有出現。不過，學系的傳統是以固有的科目的主導，即使新舊老師來去如同潮水，研究上固然希望無限創新，但開設科目為的是本科生的基礎訓練。科目的內容時有更新，但開設的學科不能如此，否則的話，學生便沒有奠定良好基礎的機會。曾經，我自己稍有涉獵漢代的賈誼《新書》，於是開設了一科「古代文獻專題」。這種專題型的科目，專門為了準備開辦新科目而設。後來，我自己對此科目興趣不大，便沒有浪費學系開辦常設科目的名額。這種專題形式的科目，往往為學生帶來一些在研究路上的新動態，可算是中文系在科目開設上的創新。

更多關於中大中文系的發展，十年前出版的
《吐露春秋五十年》有詳細的介紹

推廣國學不退讓

弘揚傳統學術，本是中大中文系的使命。在創系之初，各書院的中文系開設的科目，大抵即是經子選讀、文史選讀、《莊子》、《史記》、《論語》、《孝經》、《孟子》、《荀子》、中國文字學、散文選讀及習作、詩詞選讀及習作（新亞，參錢穆〈新亞書院沿革旨趣與概況〉），國文、詩、詞、中國文學史（崇基，參《崇基校刊》1954 年 1 月第五期）等。上世紀九十年代就讀本科課程的我，當時就修讀了《論語》《孟子》《史記》《漢書》等與國學有關的科目，今天，我在系裏開設的就是《論語》《孟子》《漢書》等科目。可見一直以來，推廣國學都是這裏的傳統與責任。

近年來，中大中文系有一個十分特別的地方，那便是有着自己的系歌。國有國歌，校有校歌，雖然香港中文大學沒有校歌，但卻有學系有着自己的系歌。有趣的是，要有系歌並不容易，但非絕不可能。可是，系歌有注釋，無一字無來處，典故蜂出，唯有中文系系歌如此。

中文系的系歌由本系榮譽教授何文匯教授作曲、作詞、主唱。何教授學富五車，多才多藝，退休後筆耕不輟，人文學科老師著作豐收期基本上在遠離繁雜的教務工作後，此乃顯例。中文系系歌名為〈勇往〉，歌詞如下：

1. 河從遠天降，淼淼勢奔放，呼起眾物生氣旺。

   龍吟聚英傑，物潤見生長，華夏志業古今皆偉壯。

2. 仁和知相養，無和有相仿，深體太極生卦象。

緣情欲綺麗，狀物貴清朗，五色相宣八音皆美暢。

3. 抱五典，踵偃商，道路遠我不回望。

也好今，又自創，國故趨新更有輝光。

4. 承傳有方向，黽勉志高亢，推廣國學不退讓。

情懷繫中外，願力起香港，揚厲美善此身當勇往。

repeat 3,4

4a. 文明道，道自廣，廣比中天麗日照四方。

不是中文系師生，看了以上的歌詞，但知優美，未知確詁。中文主修的人，看了歌詞自必心生景仰。這裏帶出了中文系之所學、中文系特色、中文系之抱負、中文系之社會責任。系歌的注釋，不在這裏佔篇幅，可參中大中文系的網頁。

中文系之有系歌，始於 2008 年。在往後的日子裏，如中文系迎新營、中文系系節等，皆有師生起立同唱系歌的環節。這是一種獨一無二而又感覺良好的體驗。試想想，大學生的迎新營時常予人過度放縱之感，中文系的迎新營則不然。從學生年代起，我參加了不同時候的中文系迎新營，內容正向之餘，後來更會唱起這首意在推廣中文之路勇往直前的系歌，怎不教人激動！

何教授是《易》學專家，曾經在中文系講授《周易》多年，可惜的是自何教授在本系榮休後，此科便一直懸空。專科只能等待專教，科目沒有汰除，也不應該隨便增加，《周

勇往（粵語，調寄〈美好未來〉）

1、河從遠天降，淼淼勢奔放，呼起眾物生氣旺。
龍吟聚英傑，物潤見生長，華夏志業古今皆偉壯。

2、仁和知相養，無和有相仿，深體太極生卦象。
緣情歌綺麗，狀物貴清朗，五色相宣八音皆美暢。

3、抱五典，踵偃商，道路遠我不回望。
也好今，又自創，國故趨新更有輝光。

4、承傳有方向，黽勉志高亢，推廣國學不退讓。
情懷繫中外，願力起香港，揚厲美善此身當勇往。

break

3、
4、
4A、文明道，道自廣，廣此中天麗日照四方。

short version：1、2、3、4、4A。

何文匯 2008年2月

中文系系歌〈勇往〉（何文匯教授手稿）

易》科也一直在等待着後繼有人的一天。唱着系歌，便可以順道學習《周易》在生活裏如何應用，誠為美事。此中首句「河從遠天降」，便是典出《易・繫辭上傳》：「河出圖，洛出書，聖人則之。」又「仁和知相養」，則出《易・繫辭上傳》：「仁者見之謂之仁，知者見之謂之知。」整首系歌，意涵蘊藉，除了《周易》以外，更見出自《論語》、《老子》、曹丕《典論・論文》、陸機〈文賦〉、柳宗元〈與韋中立論師道書〉等之典故。

系歌同時也帶出了中大中文系的使命——「推廣國學不退讓」。在中文系裏，學習的、研究的，包括了中國傳統學術，本無可疑，但要推廣，即將象牙塔裏的學問影響到塔外的世界，一點也不容易。世界上本來就沒有容易的事情，推廣之餘，更不能退讓。因為，這本來就是中文系的社會責任。在2023年的這一刻，適值與香港中文大學一起成長的中文系的60周年系慶，故為茲文以志。

（原載「灼見名家」網站，2023年6月24日）

大學在學些甚麼？

打開聯招指南，看到全港大專院校的不同主修課程，五花八門，十分豐富。同學們說，有些學系的畢業生較為吃香，有些則是「乞食」學系，然後大家七嘴八舌爭着強調自己所屬的學系最為乞食。

我會以為「乞食」不因學系，乃因自己。一所大學幾十個到上百的主修，那麼工作便只有一百幾十種嗎？當然不是。錢穆先生在他所寫的新亞學規裏，合共有二十四條，這裏只說首二條：

1. 求學與作人，貴能齊頭並進，更貴能融通合一。
2. 做人的最高基礎在求學，求學之最高旨趣在做人。

說得簡潔有力，也給那些以為上學最重要是讀書的學生與家長當頭棒喝。作人也好，做人也好，是錢先生對大學生在大學生涯裏的期望，這顯然跟學生是主修甚麼沒有關係。

待人接物便很重要。近來我在放假，設定了電郵裏的假期自動回覆，說明我在假期中，回覆較晚，而且長時間不在香港。有學生在看了自動回覆後，還再多補一個電郵，要我「從速」告訴其考試的表現。我得承認，考試過後，我只在電腦輸入了考試得分，但我在旅途之中，居然沒有帶上全班六十多名同學的答題卷，致使無法「從速」回答學生。這是我的錯，同時也為中文系主修生的遣詞用字以至尊師重道感到憂心。

「做人」是要訓練的。給老師發電郵、參加和組織不同類型的學生活動、導修分組報告的分工合作、大學五件事（讀書、住宿舍、拍拖、上莊和做兼職）何者為重和如何分配時間，這些在某種程度上跟主修學系相關，但更多的是自己的追求，是做人的考驗。

大學提供了訓練如何做人的平台給所有大學生，但學生們有沒有認真對待則另作別論。一場演講，難得邀請了校外的主講嘉賓，機會難逢，理當珍惜。演講十一時三十分開始，同學一直魚貫進場，開講時間也只能延至十一時四十分。好不容易開始了，至十二時十五分仍然有學生進來。有人在演講，聽眾展現的是怎樣的精神面貌呢？有兩對情侶坐在演講廳的第二排，恩愛地互相靠頭而睡，公私兩忘；有些學生在演講途中一直打開手提電腦，日理萬機，也可方便老師統計哪個品牌的手提電腦最受歡迎。要減少以上這些行為，我們要在哪部教科書裏加以呈現，在哪個大學主修裏會講授呢？這實在是難題，讀大學最重要的就是要明白「求學之最高旨趣在做人」。學會了做人，便不負「學以致用」這四個字。

（原載《明報月刊》附冊《明月灣區》2023 年 3 月號，頁 33）

畫地自限與術有專攻

大學聯合招生的宣傳刊物，仿如在餐廳裏看餐單點菜，吃些甚麼，喝些甚麼，自由自在，無人干涉。刊物裏呈現的是學生主修些甚麼，也就是我們對大學第一眼的印象，那便是大學有哪些主修的學系。

每個大學生都會有他的主修，文科也好，理科也好，商科也好，「術有專攻」，用這四個字來形容每個學生在大學生涯裏的幾年努力，總是沒錯。有些主修十分專業，畢業生幾乎可成為該行業的專業人士，例如醫生、護士便屬此等情況。可是，如果我讀了一門不很專業，而且沒有特定工作導向的學系，四年大學生涯便如同白過嗎？當然不是。除了主修學系以外，大學教育還包括了許多，通識教育肯定是其中重要的一環。

我在香港中文大學讀本科、碩士、博士，在通識教育的理念下成長，很多中文系以外的知識都是在所選修的通識科目裏學到。大學強調術有專攻，其實是過早地為莘莘學子畫上了不可超越的藩籬。通識教育的目的是培養學生能獨立思考，且對不同的學科有所認識，以至能將不同的知識融會貫通，最終目的是培養出完全、完整的人。主修知識如同我們的四肢，通識教育的知識便是使四肢妥善而順利地運行的催化劑，缺一不可。

術有專攻對深入的科研當然很重要，但從另一角度看，單純活在「術有專攻」的光環下其實是囿限了自己，尤其是在讀大學本科的階段。如果術有專攻代表了人皆各有所長，而大學不同主修便是發揮所長，那麼通識教育的存在便是針對一些我們都要認識的共同價值。在大學裏，通識教育從不同的角度開闊了我們的眼界。「中華文化傳承」「自然、科學與科技」「社會與文化」「自我與人文」等，與其說是香港中文大學通識教育課程的四大範疇，倒不如說是大學希望學生可以在這四個方面進德修業，求學問不應該畫地自限。年青人之於知識，如同海綿遇上水，吸水便即膨脹，知識即隨之而增長。年青便是亟於追求廣博知識的時刻。錢穆先生〈改革大學制度議〉云：「夫學術本無界劃，智識貴能會通。今使二十左右之青年，初入大學，茫無準則，先從事各人之選科。若者習文學，若者習歷史，若者習哲學，若者習政治、經濟、教育，各築垣牆，自為疆境。」「二十左右之青年，初入大學，茫無準則，於選科之外，又繼之以選課。治文學者，或治甲骨鐘鼎，或治音韻小學，或治傳奇戲劇，或治文藝創作，亦復各築垣牆，自為疆境。」「一門學術之發皇滋長，固貴有專家，而尤貴有大師。」「而中國輓近學術，一切稗販自歐美，傳其專業較易，瞭其通識則難。故今日國內負時譽之大學，其擁皋比而登上座者，乃不幸通識少而專業多。」（原見 1940 年 12 月 1 日重慶《大公報．星期論文》，今收錄於《錢賓四先生全集》第四十一冊《文化與教育》）錢先生此文從青年人初入大學選主修（選科）和選課談起，以為過早地築起圍牆，限制了學術的發展。而且，錢穆指出學術本無界限，不同學科均可相通，知識所重在於能夠會通。「皋比」即鋪設有虎皮的座位。古代將帥軍帳、儒師講堂、文人書齋中每用之，後因稱任教為「坐擁皋比」。此言當時大學專家老師眾多，但能夠通識者只在少數。錢先生所言的是上世紀四十年代的中國大學，時至今天，情況不但沒有改善，只有更為嚴重。劉勰《文心雕龍・序志》云：「各照隅隙，鮮觀衢路。」說的是只觀照到了某一個角落、一點縫隙，很少能夠看到更大更寬的方面。只重專才而不重視通識，其弊顯而易見。

找到昔日的學業成績表，看到了自己讀過的幾科大學通識科目，分別是 GEE221GB 中西文化特質比較、GEE2823G 社會學與現代社會、GEE2160B 中國哲學主流思想、GEE3109B 中國文化名著選讀，感念師恩之餘，卻又驚覺時間已經過了二十多年。我還記得，馬克思韋伯（Max Weber）的《新教倫理與資本主義精神》、笛卡兒（Renatus Cartesius）的著名哲學陳述——「我思故我在」，以及佛教禪宗的「達摩東來意，鎮州蘿蔔重八斤」的對答。這些年來，曾經在電台節目裏、在書院活動裏，重遇上當年通識教育科的任課老師，當日上課的場景又彷彿如在目前。

本校的校訓是「博文約禮」，雖然在大學網頁用上了《論語・雍也》（6.27）的一句作解說，但我更喜歡在《論語・子罕》的一段。顏淵喟然歎曰：「仰之彌高，鑽之彌堅。瞻之在前，忽焉在後。夫子循循然善誘人，博我以文，約我以禮，欲罷不能。既竭吾才，如有所立卓爾。雖欲從之，末由也已。」(9.11）顏淵是孔門高弟，有一天突然心生感歎，以為老師的學問越看越高，越用力鑽研也越覺深奧。有一刻以為自己在前面了，卻忽然又到後面去了。孔門教學的高深莫測可見一斑。孔子善於有步驟地誘導學生，用各種文獻以豐富學生的知識，又用一定的禮節來約束學生的行為，顏淵自感想停止學習都不可能。用盡了自己的才力，似乎能夠獨立地工作，要想再向前邁進一步，顏淵又不知怎樣着手了。這裏雖然孔子沒有出現在對話裏，但顏淵所提及的正是孔子的教學內容引人入勝之處。前新亞中文系系主任潘重規教授指出，「博我以文，約我以禮」二句，乃是「以典章制度教導我，使我的學問淵博；以禮儀規矩教導我，使我的行為檢點」(《論語今注》)。強調的是學問淵博，此中「淵」言其深，「博」言其廣。通識教育正是可使學問知識得以廣博的重要一途。

韓愈〈師說〉云：「聞道有先後，術業有專攻。」固然沒錯。大學生不應過早地關閉了自己的那道問學之門，大學校方則應該提供使學生博學之途，才不枉至聖先師說了那「博文約禮」四字，也不負如此意涵豐富的校訓。

（原載《大學通識通訊》2023 年 12 月，第一期創刊號，頁 23–25）

中文的人才

香港這個地方，有 92% 是華人，市民說的主要是粵語，用的是中文，但我們的語文程度，真的應驗了最大的空間是改進的空間！有時候，游走在街道上，看看廣告，看看路牌，找找錯誤，充滿樂趣。回歸多年，中文程度不但沒有絲毫提升，更見每下愈況，見之理當警惕！

展覽場地蜂出並作

疫情下的香港，雖然缺少了外國遊客，但近年來藝術表演與展覽場地愈益增加，可算是逆市中的美談。西九文化區乃香港特別行政區首任行政長官董建華在任時所提出的建議，並在第二任行政長官曾蔭權的支持下，終在 2007–08 年度的施政報告裏，宣佈將西九文化區的發展定為未來香港「十大建設計劃」之一。

歷經多年的發展後，西九藝術公園、戲曲中心分別在 2019 年竣工和開幕，而 M+ 博物館在承建商財困、新冠疫情等影響下，最終也在 2021 年 11 月正式開放予公眾參觀。除了 M+ 博物館以外，在 2015 年 8 月即開始閉館四年翻新與擴建的香港藝術館，也在 2019 年 11 月重新開放。此等場所的興建與翻新，代表着香港的藝術展覽事業邁向了新的里程碑。

每次展覽，無論大小，只要有幸參觀，除了展品以外，我特別注意展品的展示方式和文字解說。無他，展品再為珍貴，如果沒有找到合適的展示方式，也是徒然。例如不少珍貴國畫，乃是長軸畫卷，丹青主要在畫卷正面，栩栩如生，意境高遠，然後旁邊有不少名人雅士帝王將相的印章和題跋。這些蓋印和文字更多的是在畫卷的留白位置上。不僅如此，畫卷的背面亦有之。理想的展示方式，乃是將畫卷斜着豎起，並在畫卷背面放置鏡面，從而讓背面的文字亦呈現在觀眾眼前。這當然要花錢，但也要看策展機構有否用心，以及是否明白中國傳統藝術的表現方式。

作為讀中文的人，我更留意的是展品的解說文字。首先，是展櫃及展示文字的高度。一個地方是否重視文化傳承，不是看給成年人看些甚麼，而是看這個地方給些甚麼東西讓小孩子看。傳統的博物館、展覽場地，皆以成年人為假想的參觀者，故展櫃的高度也是成年人所及之處。至於小孩前來參觀的話，那只能踮起雙腳，才能一窺展櫃裏的奧祕。這當然不是理想的處理方法，要知小孩子是社會未來的主人，如欲未來主人在成長的過程裏有藝術的熏陶，博物館、展覽場地的設計也就是要「兒童友善（child-friendly）」。幸好，新的策展設計為此考量甚多，這也是城市進步的表現。

乾隆與和珅

除了以上的西九藝術公園、戲曲中心、 **M+** 博物館以外，西九文化區還有另一重要建設，那便是香港故宮文化博物館。

香港故宮文化博物館在 2022 年 7 月 3 日開幕。開幕之初，也不知道是因為展品之珍稀，還是香港人爭先恐後之獨特性情，反正就是一票難求。到了十一月，我首次進館參觀。館裏展覽了大量清宮珍寶，看得教人不亦樂乎。然後，有一位穿着博物館制服熱情的工作人員，為我們介紹了一位在清代乾隆朝的貪官某某。為甚麼說是某某呢？因為我所聽到的，跟我個人認知的有點不同，因此稍感疑惑。那位工作人員說的是「和坤」(坤 kwan1)。因為我個人知識有限，也不專研清史，乾隆朝的著名貪官，我只認識一位，那便是「和珅」(珅 san1)。但我最害怕的是習非成是，會不會是我的認識一直有誤呢？文字是難以表示了我當時的震撼。可以肯定地說，該工作人員所說的便是「和珅」，因誤認「珅」為「坤」，故讀為「坤」。

我不會怪責這位工作人員，他手上握着一疊資料，相信就是在介紹和珅乃是何許人，與乾隆皇帝有着甚麼關係等等。他應該只是依書直說而已。此外，我在十一月才到香港故宮文化博物館參觀，這位工作人員會否從 7 月 3 日起便向途經的參觀者介紹「和坤」？事情倘真如此，在潛移默化之下，或許「和珅」有一天也可以變為「和坤」，那便糟糕極了！導賞的工作人孝賢純皇后在隨丈夫乾隆帝東巡途中受風寒，不幸病歿於舟中，終年三十六歲。乾隆帝悲痛至極，在妻子去世滿一百天之時，作此賦以寄託哀思。書寫此賦所用的藏經紙特別珍貴，原本只用來印刷和抄寫佛經，可見乾隆帝對此作之珍視（請參看附近牆上賦文節選）。

Heartbroken, the Qianlong Emperor composed and brushed this poem a hundred days after the death of his beloved wife, the Xiaoxian Chun Empress, who died of a cold on a boat at the age of thirty-six when she travelled with her husband. The rare paper he used was typically reserved for Buddhist scriptures, which indicates the sacredness of this work to the emperor (See an excerpt of the poem on the wall nearby).

員除了熱情招待以外，博物館的認真培訓也是不可或缺。

還有另一展品的文字介紹可堪注意，那便是乾隆皇帝御筆親題的〈述悲賦〉。據此介紹之文（上圖），此賦乃由乾隆皇帝親撰，並由他寫在藏經紙上，表達了對不幸病歿的孝賢純皇后富察氏的哀思。乾隆皇帝雅好漢文化，詩便寫了接近四萬首。這首〈述悲懷〉寫於富察氏歿後一百天，感人至深，字裏行間惹人垂淚，《清史稿》卷二百十四〈高宗孝賢純皇后傳〉（右圖）便全篇予以載錄。

乾隆皇帝〈述悲賦〉以行書寫成（下圖），放在展櫃裏，引人注目。行書是漢字書法裏的一種手寫字體風格，相較而言，比起工整的楷書自由，也比起率性的草書容易辨認，故得以廣為使用。事實上，行書字體不難閱讀，有着一般漢字文化修養的人，大抵不會有甚麼問題。

館方策展用心良苦，在展品右方牆壁上有一幅很大的釋文，中英對照，便利參觀者，誠為美事。這幅釋文，節選了全賦最後的一段，其文如下：「信人生之如夢兮，了萬事之皆虛。嗚呼，悲莫悲兮生別離，失內佐兮孰予隨？入椒房兮閴寂，披

隆帝行書述悲賦
乾隆十三年至二十八年（1748-1763年）
水墨手卷
博物院

pressing My Grief
Qianlong Emperor (1711-1799)
long period, 1748-1763
scroll, ink on paper
e Museum

初，皇貴妃高佳氏薨，上諡以慧賢，后在側，曰：「吾他日期以『孝賢』，可乎？」至是，上遂用爲諡。並製述悲賦，曰：「易何以首乾坤？詩何以首關雎？惟人倫之伊始，固天儷之與齊。念懿后之作配，廿二年而於斯。痛一旦之永訣，隔陰陽而莫知。昔皇考之命偶，用掄德於名門。俾逑予而尸藻，定嘉禮於渭濱。在青宮而養德，即治壼而淑身。縱糟糠之未歷，實同甘而共辛。乃其正位坤寧，克贊乾清。奉慈闈之溫凊，爲九卿之儀型。克儉於家，爰始繅品而育繭；克勤於邦，亦知較雨而課晴。嗟予命之不辰兮，痛元嫡之連棄。致黯然以內傷兮，遂邈爾而長逝。撫諸子如一出兮，豈彼此之分視？值乖舛之疊遘兮，誰不增夫怨懟？況顧予之傷悼兮，更悅悢而切意。尙强歡以相慰兮，每禁情而制淚。制淚兮淚滴襟，强歡兮歡匪心。聿當春而啓轡，隨予駕以東臨。抱輕疾兮念衆勞，促歸程兮變故遭。登畫舫兮陳翟褕，由潞河兮還內朝。去內朝兮時未幾，致邂逅兮怨無已。切自尤兮不可追，論生平兮定於此。影與形兮難去一，居忽忽兮如有失。對嬪嬙兮想芳型，顧和敬兮憐弱質。望湘浦兮何先徂，求北海兮乏神術。循喪儀兮愴徒然，例展禽兮諡孝賢。思遺徽之莫盡兮，詎兩字之能宜。包四德而首出兮，謂庶幾其可傳。驚時序之代謝兮，屆十旬而迅如。覩新昌而增慟兮，陳舊物而憶初。亦有時而暫弭兮，旋觸緒而欷歔。信人生之如夢兮，了萬事之皆虛。嗚呼，悲莫悲兮生別離，失內位兮孰予隨？入椒房兮闃寂，披鳳幄兮空垂。春風秋月兮盡於此已，夏日冬夜兮知復何時？」

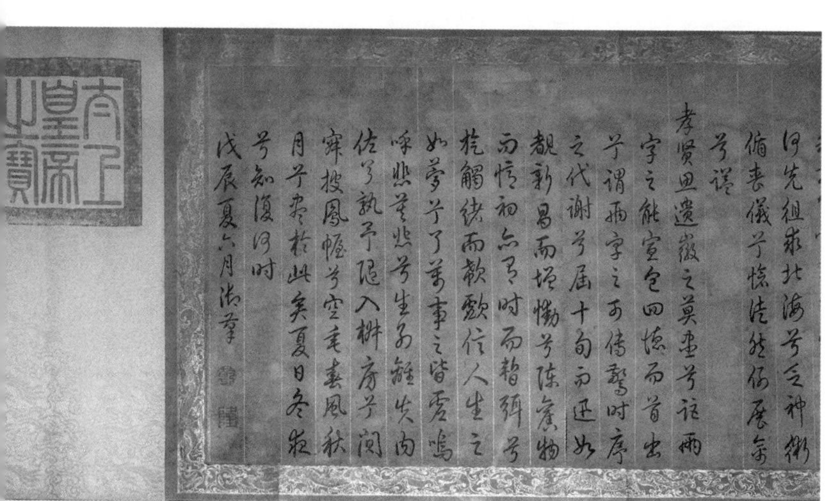

（上）「乾隆帝行書述悲賦」的展品解説

（右）《清史稿》書影（頁8916–8917）

（下）香港故宮文化博物館展示的〈述悲賦〉（局部）

鳳幄兮空垂。春風秋月兮盡於此矣，[1] 夏日冬夜兮知復何時？」這裏看到的是《清史稿》所載錄的文字和標點，與〈述悲賦〉墨寶大致無別，但卻與牆上的釋文有異。讓我們注意第二句——「了萬事之皆虛」；釋文寫作「了萬世之皆虛」。乾隆的〈述悲賦〉會否有些別本，將「事」寫成「世」，我們不知。但展品所見的是「事」字，卻是無可爭議。反而英譯所據本沒錯，譯作「And that all things are but empty」，此中「all things」正是「萬事」。究竟中文版釋文之「萬世」從何而來，實在不得而知。釋文如此不慎，實在愧對國寶。

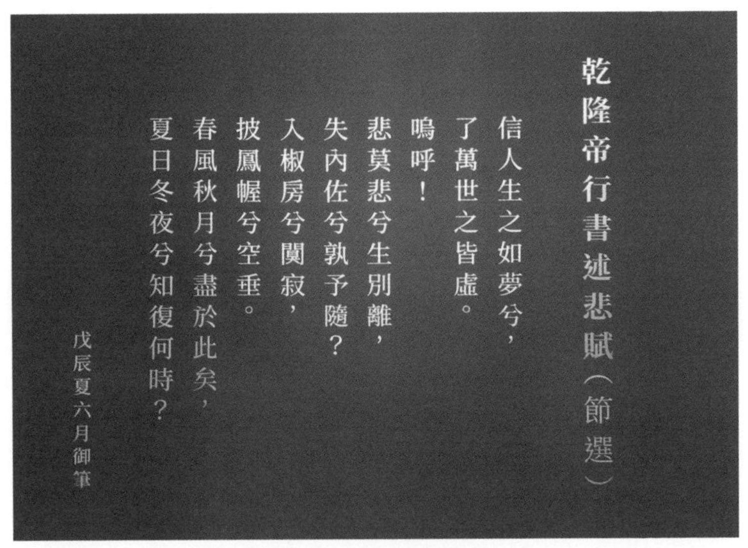

牆上的〈述悲賦〉釋文節選

1　案：此「矣」字，與《清史稿》作「已」稍有不同，但俱為句末助詞，於文義無甚影響。

Excerpt from Expressing My Grief

I can well believe that life is a dream,
And that all things are but empty.
Alas! Sorrow laced with sorrow;
To be separated in life!
Having lost my wife,
Who will follow me now?
When entering her bedroom,
I inhale sadness.
I climb behind her phoenix bed-curtains,
Yet they hang to no avail.
The romance of the spring breeze and autumn moon
All ends here.
Summer days and winter nights spent with her
Will never come again?

—The Qianlong Emperor,
the sixth lunar month in the summer of 1748
Translation by Alister Inglis

英譯〈述悲賦〉（選段）

致中文系的年青人

讀中文系的人，有時會為了日後的工作前景而發愁。未曾入讀中文系的人，有時會不明白中文系畢業生可以做些甚麼工作。其實，這些都不必擔心。大學主修強調術有專攻，讀醫的當醫生，讀法律的當律師，非常專業，固然很好。那麼讀中文系呢？不少畢業生跑去當中文科老師，這是志趣所在，而非必需如此。事實上，各行各業，只要工作性質有與中文打交道的成分，自必需要中文的人才。

有些畢業生服務政府機構，除了日常工作以外，寫起公文，言簡意賅，頭頭是道。有些在非牟利機構工作，能言善道，娓娓道來，深受重用。在金融機構、公關廣告、人力資源公司工作的，也不在少數。重點是無不需要語文能力上佳的人才。中文系的優秀畢業生，相信也可以勝任在不同機構裏的語文工作。

辦好一個展覽，展品是否珍貴，陳設是否妥善，環環相扣，都很重要。但千萬不可以輕輕地放過了文字，尤其是中文，尤其這是我們生活的這個地方的日常用語。為中文系畢業生謀幸福，為藝術展覽謀發展，只要策展機構聘請一二位中文系畢業生，展覽前讓他們看看文字是否適順，並儘量將錯別字，以至其他的低級語文錯誤減到最少，那便是提升展覽水平的不二法門。同時，我也盡了中文系老師的責任，為畢業生擴大了他們的職系光譜！

（原載「灼見名家」網站，2022 年 12 月 27 日）

教學點滴

早起的難度

小時候，每人都寫過「我的志願」之類的文章，醫生、律師、科學家、飛機師，琳瑯滿目，多不勝數。我的想法很簡單，只想找一份不需早起的工作。後來大學讀了中文系，畢業後當過中學老師，驚覺老師要比學生更早到校。想起在大學裏任教時有 day off，或者下午才要上課，每天早上 8:30 早課的機率不高，因而興起了在大學工作的念頭。早起，從來並不容易！

明代皇帝與孔門學生

古代帝王，以一人之尊傲視天下，但不要忘記，當皇帝基本上免不了早朝。早朝之早，嚇得人目瞪口呆。據《大明會典》卷四十三所記載，大臣在凌晨五時左右宮門開啟便依次進宮，大明皇帝便即開始早朝。明太祖朱元璋在位三十年，極為勤奮，絕少缺席早朝。末代皇帝崇禎也跟先祖不遑多讓，矢志成為中興之主，可惜事與願違，更留下了亡國君主之污名。皇帝權力無比，面對早朝只有滿滿的無力感。即使不願早起，也只能無奈接受。至於那些十五年也不上朝的成化帝，沉溺聲色而二十八年不上早朝的萬曆帝，可算是誠實地反映了自己的身體，唯睡魔之是從。

細看早起，孔門十哲之一的宰予也是反對者。在《論語》裏，宰予出現了五次，其中三次皆處於為人責罵的狀態。宰予晝寢絕對稱得上是經典。宰予在白天睡覺，孔子以為腐爛了的木頭雕刻不得，糞土似的牆壁粉刷不得。宰予在白天睡覺，根本完全不值得責備。宰予為人能言善道，因應其晝寢的行為，孔子指出原本聽到別人的說話，便會相信他的行為；可是，由於宰予的出現，聽了別人的說話，更要考察其行為。宰予的行為使孔子改變自己的態度！宰予是否大白天在睡覺，也有爭論。有說宰予是在晝寢，即在佈置原有生活空間，因而曠課。宰予果真「晝寢」的話，可能也是早就起牀了，只是繼續待在房間裏從事藝術創作，沒有到課室上課，因而惹來老師的批評。

唐玄宗從此不上朝

兩小兒辯日的故事，無人不曉，一小孩以為太陽剛升起時與人較近，另一小孩則持見相異。事實上，太陽與地球距離 149.27 百萬公里，上午與中午根本相差無幾。古人有用日上三竿一詞，用以表示太陽升起已有三根竹竿的高度，代表時候已不早了。日上三竿具體是指辰時至巳時，即 7–9 點到 9–11 點。睡覺直至日上三竿，時候也真的不早了。

不能早起的還有唐玄宗李隆基。白居易那傳誦千古的名篇〈長恨歌〉，說的是唐玄宗與楊貴妃的故事。二人愛得纏綿，晚上苦短，白天太快來臨。唐玄宗即使貴為天子，也不可能偷天換日。人的時間總有限，唐玄宗只能作出選擇：「從此君王不早朝。」多情的皇帝從此便不再參與早朝了。參加早朝與文武百官討論政事，抑或與愛妃共度每時每刻，唐玄宗的選擇絕對可以理解。

早上九時也算得上早嗎？

以上都是古人古事，早起不容易，無論是帝王也好，政客也好，可謂其道不孤。總要說點跟自己相關的事情吧！我在中大中文系讀書、畢業、教書，一直覺得中文系師生關係融洽，學生尊師重道，其中原因眾多，但有一門不帶學分的「中文系輔導」小組課十分重要。每一學年，一名教授與六七名學生，合為一組，談天說地，閒話人生，不必全是象牙塔裏的學問。系方規定老師在每一學年的上學期跟學生見面五次，有些小組喝茶論道，有的談東說西，有的遊於藝，最多的是大吃一頓，各適其式，多元共融。這樣的中文系輔導課，意料之外，也跟早起扯上關係！

今年繼續有中文系輔導課，每年要集齊六位上課時間截然不同的同學，難度非常的大。我也十分厭惡在 WhatsApp 羣組做邀約之事，經常是五個同學都可以，然後餘下一位說不可以，接着便要重新再邀約一次。回環往復，耗費心力。我自己也雜事甚多，教學、研究、學生事務，以至眾多的社服公益服務。學生經常以為教授只上幾節課便空閒時間甚多，面對如此疑問，只能一笑置之。前一陣子，誠邀幾位中文系一年級同學在兩星期後的早上九時早餐聚會，作為本學期的第一次見面。

有五位同學都回覆了，然後餘下的一位同學在訊息發出了的五小時後才欣然回覆，說：「我都可以，但我有機會起不了身，我會嘗試儘量起身。」多麼真摯誠實的回答，為了她的誠實而感動，為了她的努力而鼓舞，早起不必然，而且大學生不是中學生，不是小學生，早已忘記昔日要在早上 7:45 回校，8:00 上課的日子。是的，早上 9:00 還是「太早」了！

不能早起也是古人遺風

起不了身，不能早起，乃是很真實而殘酷的答案。當然，我並不怪責現今的大學生，唐玄宗，明代的成化帝、萬曆帝皆上不了早朝，古人尚且如此，今人不過是有古人之遺風而已。尊師重道這四個字，人人會說，人人會寫，以小見大，還是不必大驚小怪。不要無限上綱，還是應該撫今追昔？不能早起，可能背後還有許多的因由。社會人士對大學生一直有着不同的期望，別人冀盼如何，當然並不重要。我們如何自處，長久下去，才會建構起別人對我的印象，大學生亦復如是。

早起不了的不單是這位同學。大學教授都害怕要講授早上 8:30 的課。可怕的並非自己要早起，而是 8:30–9:00 這半個小時裏魚貫而來且又毫無悔意的遲到學生。70 人的一班，如果準時 8:30 開課，可能只來了一半學生。面對如斯局面，老師開始授課了嗎？遲到的同學要否為他重講一遍，或者說說前面教學的重點？進退維谷，永遠是早上 8:30 的課堂所要面對的問題。遲到而來的學生，我沒有看過他在電郵裏告訴我他何以遲到，也沒有見過學生出來道歉。久而久之，早起不了慢慢成為了大學生的傳統，遲到成為了大學生生活的一部分。悲乎！

如果學生都是完美的，那便不需老師，不需學校了。學生進校，目的便是希望得到師長的教導。我時常以為學問知識是教不了的，書讀得怎樣，主要是自己有沒有努力，能否觸類旁通，老師只是從旁輔佐。待人接物，老師的身教，才是學生最要學習的東西。在教學路上，我很容易得到滿足，如果有這樣的一天，約了學生早上 9:00 一起吃早餐，大家準時到達，精神奕奕，便可算是到達新的里程碑，也不枉中文系輔導課以非形式教導學生待人接物技巧的初衷。

（原載「灼見名家」網站，2022 年 10 月 17 日）

晚間課程

每天晚上的六時許，除了剛下課的本科生離開校園以外，還有不少學生魚貫而來，驟然看來，數量跟本科生也相去不遠，他們都是來上晚間課程的研究生。

他們都是振興夜經濟的重要一員，因為大學裏不少晚間修課式研究院課程都是自負盈虧的。沒有他們的全情投入，將會為學系帶來許多財政上的困擾。

來上晚間課程的學生，都是有心人。來上課的學生，工作與居住地點都與中大校園有一段不近的距離，但依然願意「千里迢迢」在晚上來到這裏，為的就是對這裏辦學理念的認同。學生如鯽當然是我們樂見的，但也不濫收，自負盈虧理論上可以錄取更多的學生，但如果沒有對教學素質的堅持，結果只會是敗壞了學校的名聲。

獲提振的還有任課老師的收入。多教一科，在晚間獲取收入，振興了夜經濟，誠為快事。失去的是陪伴家人的時間，但為了響應政府的呼籲，這犧牲還是物有所值的。

學生上晚課，不能空着肚子，教室裏雖然都有禁止飲食的告示，但看來只能阻止正在授課的老師。同學們從不同地方帶來風味各異的美食，上課之餘又能大快朵頤，一心二用，堪稱時間管理大師。我時常跟學生說，只要所帶美食不發出陣陣香濃氣味，即可自行享用。

從前在讀之時，晚上九時三十分下課，離開中文大學，跑到沙田、大埔、旺角等地用餐。我在課上多做筆記，騰不出手，因此從不在課堂上吃晚飯。課後用餐，並跟同窗討論老師所授，經常是趕在晚上最後一班東鐵回到學校宿舍。友誼也好，學問也好，也有些微的增加。彼時的外出消費，對夜經濟自是有所幫助。今年興之所致，參加了中文系的迎新營，活動之一乃是到火炭吃夜宵。迎新營吃夜宵，正常不過，似乎無甚可議之處。可是，當我一看日程，仍是大吃一驚。夜宵的時間是晚上八時至九時半。三年疫情，改變了全港市民的生活模式。長期過勞的香港市民，終於可以早些回家休息，青年學子的夜宵在晚上九時半已經結束了。要重啟晚間經濟活動，談何容易！

（原載《明報月刊》2023 年 11 月，總 695 期，頁 117）

水則載舟，水則覆舟

戰國末年的荀況說：「水則載舟，水則覆舟。」水可使船隻在其上行駛，水也可以使船隻覆沒。同樣是水，如何利用，結果迥異。近來大家都一窩蜂討論人工智能工具 ChatGPT，如何善加利用，卻大有學問所在。

中文的世界

ChatGPT 由美國的人工智能研究實驗室生產，駐足的世界自必是歐美的人和事。中文的資訊當然不缺，事實上，我們以中文向 ChatGPT 查詢，它也可以洋洋灑灑地用中文來回覆。答案條理分明是基本，內容是否正確則有待我們詳加考證。

ChatGPT 不是洪水猛獸，在金融界、在不少辦公室的日常操作裏，都掀起了革命性的衝擊。但中文的世界沒有這麼容易。中文是方塊字，語法也與拉丁語系的語言不盡相同。這些看似困難，但今天中文電腦使用普遍，例言之，Unicode 3.0 系統裏收錄了 27,000 多個漢字，而 Unicode 4.1 已收錄了超過 10 萬個漢字了。

不過，漢字代表的不單是方塊字，背後代表着我國數千年的文化歷史，如果我們向 ChatGPT 提出這一類的問題，它便回答不了。當然，人工智能較人類優勝之處，乃是它不會放棄回答，更不會放棄持之以恒地學習，於是予以一大堆似是而非且實際大誤的答案，使提問者瞬間陷入了五色迷霧之中。

孔子與孟子與我

孔子、孟子，中國人無不知曉。香港的中小學教科書裏都選用了若干《論語》和《孟子》的文字，由此我們也對孔孟有了基本的認識。可是，ChatGPT 沒有這樣的教育背景。向 ChatGPT 提問孔孟的分別，ChatGPT 條理分別，答案有五大段，首段是簡介，然後有三大論點，各佔一段，最後則是總結。此舉讓人想起了 Introduction , Arguments × 3, Conclusion 的英文議論文撰寫法則。

在總結裏，ChatGPT 指出「孔子和孟子都致力於通過道德教育和政治制度來建立和諧穩定的社會秩序，但他們的思想重點和方法有所不同。孔子注重個人修養、傳統文化和仁愛道德，而孟子則更注重社會倫理、人性本善和自我完善」。這樣的回答絕對是泛泛而談，且是分述而非比較，但也問題不大。問題是當我接着提出孔子和墨子和莊子的分別時，ChatGPT 也給了相類的答案。要人工智能機械人回答先秦諸子的異同，難度太大，於是我用上了自己的姓名，斗膽攀附孔子，向 ChatGPT 問了孔子和我的分別，然後 ChatGPT 如是說：「雖然孔子和潘銘基都是有影響力的人物，但由於他們的歷史背景、文化背景和領域不同，所以沒有直接的比較和聯繫。」如此的比較、回答，看似使人發笑，實則未來有一天或許 ChatGPT 可以一直進步，正確回答以上的問題。

如何使用才是關鍵

高等學府看見了 ChatGPT 的出現便彷彿如臨大敵。面對新事物的衝擊，戒慎戒懼，本無問題。人工智能工具的出現是為了便利人類，ChatGPT 肯定有使人類生活得以改善的好處。但是，以為大學師生必定利用 ChatGPT 來撰寫論文，雖未至於杞人憂天，但顯然是過度的擔心。

寫一篇與孔子相關的論文，ChatGPT 可以幫助多少呢？幾句的生平介紹，簡單的前人研究回顧，或許可以借助 ChatGPT 的協助而省減時間。不過，這些並非論文的重點，一篇好的學術論文，永遠要求能夠做到推陳出新。如果寫出了一篇連 ChatGPT 也能夠做到的論文，問題肯定出現在撰文者的身上。

網絡資源，如能好好利用，網絡世界便給人類帶來了好處。小心查證，是其中的關鍵。王念孫是著名的清代學者，是乾嘉學派的代表人物。向 ChatGPT 查詢，答案是：「王念孫是一位傑出的數學家，他的成就不僅體現在數學領域，也對中國現代數學的發展作出了巨大貢獻。」這個回答教人看得目瞪口呆，絕對錯誤，如果我們不假查證，並用在自己的文章，那便是貽笑大方了。因此，水可以載舟，也可以覆舟，水便在我們眼前，是得是失，便看人們如何使用。

（原載《星島日報》，2023 年 5 月 9 日，A14 版）

考試的見微知著

評核學生成績的方法有許多，更多人願意使用的是持續性評估。不過，在我們身處的這個社會，似乎一直擺脫不了考試便是最佳評核方法的想法。求之不得，輾轉反側，即使多反了幾次，也難以找到最理想用以替代考試的方案。於是，日復一日，月復一月，年復一年，評核莘莘學子的學習表現的方法還是以考試為主導。

考試的壓力

有些人喜歡到壓力較小的地方生活，好逸惡勞本來就是人類的天性，因此也就沒有可疑之處。沒有壓力多好，事實上即使是到了月球也還是會有無形的壓力，有壓力的地方才會有更大的進步，不過人各有志，鹹魚白菜各有其捧場客。

希望壓力不要太大的人，都是壓力中人。走過壓力路的人，驀然回首，或許是不堪回首，不想自己，更不想下一代重復這樣的路。從前，香港中學有會考，預科有高考，歷經兩次考核，逐漸篩選考生，連過兩關便有機會進入大學。中五和中七兩次公開考試，壓力之大，真的痛苦。既然痛苦，那便優化吧，當然優化是主事者的說法，優化與否，不一而盡。

昔日中五會考十萬考生（如 2008 年的考生人數是 109,574），兩年後中七高級程度會考則有三萬多考生（如 2010 年的考生人數是 39,774）。將兩大考評統一後，中學由七年改為六年，迎合的舉措還有大學三改四。考試二而為一，名之為「香港中學文憑考試」（以下簡稱「DSE」），理論上是壓力大減，完全是學生的福音。想深一層，究竟是一次考試定生死的壓力大一些，還是兩次考試分擔風險的壓力大一些呢？而且，當年有些大學取錄新生，他的中五會考成績會跟高考成績結合一併考慮，換言之，如果會考成績好，而高考稍有失手，那麼整體入讀大學的成績仍是可據會考的佳績補救的。另一方面，現今 DSE 考生五萬多人，而大學學額也沒有顯著的增加，中學生經歷三年的高中生涯，為的就是要在考試裏爭取佳績，入讀大學。原本預科只有兩年，入大學的壓力也就是兩年；末代高考有接近四萬人應考，而 DSE 是五萬人，那便是說有升學壓力的學生也比從前多了一萬。顯而易見，優化的只是公開試的數量由二變一，考試的壓力不單沒有消減，反而更大。

考試的副產品

傳統的東西不一定都是好，伴隨考試文化而來的一定便是作弊，這也是古已有之的。明代人馮夢龍《古今譚概》曾經有這樣的故事：「宋承平時，科舉之制大弊，假手者用薄紙書所為文，揉成團，名曰『紙毬』，公然貨賣。」（《雜志部第三十六．科舉弊》）有考試，自必有人想要自己成績好，但卻不想努力。作弊因此應運而生。在《古今譚概》所援引的故事裏，指出在宋代時，有人在科舉時作弊，用很薄的紙張寫上參考資料，揉成紙團，並命名為「紙毬」，然後公開發售。科舉便是中國古代的考試，朝廷並以此選拔人材，十分重要。因作弊而獲得理想成績，進而成為父母官，受害的便是無辜的老百姓。

之帝自此覽天下所進表箋多罹禍者

○科舉弊

宋承平時科舉之制大弊假手者用薄紙書所爲文揉（民賣猶勝官賣）

成團名曰紙毬公然貨賣

今懷挾蠅頭本其遺製也萬曆辛卯南場搜出某監

生懷挾乃用油紙捲緊束以細線藏糞門中搜者牽

線頭出之某推前一生所棄擲前一生辨云即我所

擲豈其不上不下剛中糞門彼亦何爲高聳其臀以

待擲耶監試者俱大笑

馮夢龍《古今譚概．雜志部第三十六．科舉弊》

科舉考試還牽涉利祿的問題。考試取得佳績，然後進入政府工作，金銀財帛與社會地位皆隨之而來。這在古代社會十分吸引，因此也就有了一大堆作弊的人。今天，考試與功名利祿的關係沒有古代的密切關係，但還是一直牽動着人的心靈。有人或許會說，考試作弊沒有甚麼大不了，此言差矣。人的誠信乃是從小培養，非一蹴而就，作弊就是面對考核而不正道直行，走偏門，到了長大以後便時常期望不勞而獲，實在害人不淺。

我相信，學生都知道考試作弊不好、寫論文抄襲不好，但到了被老師發現後，便都希望網開一面，從輕發落。沒有老師喜歡懲罰學生，但會期望學生在受罰的過程裏受到了教訓，明白懲罰背後的意義。「過則勿憚改」，人誰無過呢？能夠改正，懲罰才有意義。

無助的老師

考試壓力之大，不免讓考生感到痛苦，其實，最痛苦的是老師。學生為甚麼要上學？拿着課本，在家裏也可以學習，回校上課為的是要學做人。每年到了期末考試，有一件事一直會牽動老師的心，那是考試當天是否全員應考。大學的一個學期不長，只有十三週，課上完了，便到了評核的一刻。考試當天不幸生病，便可申請補考，帶病應考，影響答題水平，自當請假休息，留待康復才重新上陣。這是天經地義，毫無問題。

精彩的是尚有許多千奇百怪的缺考申請。例如，學生老實地電郵老師，說自己睡過了頭，趕不上早上 9:30 的考試。其實，中小學上課是早上 8:00，大學的早課是 8:30。這位同學接着跟校方相關部門申請，說自己起牀後感到身體違和，不得不缺考。這個過程任課老師一直蒙在鼓裏，到了收到學生成功申請補考的通知，恍然大悟，老師卻也沒有拒絕學生補考的權利。

又有學生缺考了，以電郵問老師該如何處理，老師當時在假期中，早就設定好電郵自動回覆，說自己某天至某天放假。然後，學生早上來電郵，老師同一天的晚上回覆了，學生接下來在給校方的郵件裏，說老師漠視了同學的電郵，因而導致自己遲了申請補考。結果，校方也批准了同學的補考申請。由始至終，老師一直沒有權利拒絕學生的補考申請，究竟我們是在哪些方面教導學生呢？

在大學裏，我們都很焦急，急些甚麼呢？此因大學是青年學生進入社會工作前最後的把關者。離開了大學以後，青年人的任何行為，都會被社會視作是這間大學將學生教得如何的證據。全校的教職員，都有教導學生的責任，如果我們只要讀書成績好的學生，老師盡責教導便可；如果我們希望學生的立身處世，待人接物，皆能符合社會的期望，那麼這便是所有人的責任了。大學要做的是全人教育，即在學科講授以外還要使學生成為完人。能否成為完人可能只是相差幾希，但缺少這個幾希，那便是終究沒有完成教育的使命！

（原載「灼見名家」網站，2023 年 6 月 28 日）

我們在期許些甚麼？

曾經有一次，在書院的新生面試，看見一位面試者腳踏涼鞋，身穿短褲，身子斜放在椅子上，呈 45 度，目光不在其他面試者，更不在面試官之上。雖然，當了不同類型的面試官多年，如斯情景映入眼簾，還是有一股說不出的震憾。雖曰「說不出」，但我還是說出了，提了一道問題「你認為社會人士對大學生有些甚麼期許？你認為自己在畢業後會是一個怎樣的大學畢業生？」答案是甚麼，當然因人而異，也沒有標準答案。該生如何作答也不重要，因為重要性已經溢出在該生以外。

本港大學生的數量

政府承諾 10 年內把專上教育的普及率提高一倍至 60%，最終用了 5 年已達成目標，至 2015/16 學年更增加到 70%。在 1996 年 10 月發表的《香港大學資助委員會報告》「第六章：高等教育的發展」裏，顯示適齡學生入讀率（第一年學士學位課程學額佔 17 至 20 歲年齡組別人數的比例）的增長，由七十年代的 2% 增至 1994 年的 18%。如果我們說，適齡人口裏的 2% 是精英，大抵無人反對；可是，如果有 70% 的適齡人口都在接受專上教育，我們能否說 100 人便有 70 位是精英呢？顯而易見，這並不可能。

孔子，後世尊稱為萬世師表，能得此雅號，在於孔子首開平民講學之風，更將知識往下傳遞，功在後世。孔門學生眾多，雖有天資聰穎的顏淵、子貢，但也有反應遲鈍的曾參，時有未達的樊遲等。孔子的施教對象不一定是社會上的精英，有教無類更是孔子的重要教學理念，可說開創了普及教育的先河。

中小學屬普及教育，本無可疑，也絕對需要。從過去的九年免費教育，到了 2007 年落實十二年免費教育，甚至在 2017 年推行十五年免費教育，起自幼稚園，訖於中學六年級，當中包括了九年（小一至中三）的強迫教育。專上院校學額，也出現了過剩。以 2023 年為例，中學文憑試的日校考生有 41,000 人，而 2023–24 學年各專上院校可提供的全日制經本地評審專上課程總學額約為 45,500 個，包括了約 22,600 個學士學位及約 22,900 個副學位學額，以日校考生計算，即課程學額超額約一成。簡言之，只要有意升讀專上院校，便可得到專上院校的學額。

放下天之驕子的心態

在香港，專上院校學額尚有學士學位與副學位之分，雖已過濫，但還不如台灣。台灣人口 2300 萬，卻有 149 所大專院校（2021 年），密度之高應在全球前列位置。完全做到了只要想讀大學，便有大學可讀。能夠有着專上院校畢業的學歷，當然是好事，但最重要的是要調適自己的心態。大學的經歷只是提升自己的文化修養，培養靈活的思考模式，僅此而已。不要想着社會地位、薪酬入息等；心裏懷着的是讀大學為了學問的增益，回饋社會，快樂便可從中而來。

這讓我想到了從前在中學預科「中國語文及文化科」裏讀過的一篇文章，那便是殷海光先生的〈人生的意義〉。文章裏有着這樣的一段：「當我少年時，同學間常以為問舍求田的人，是沒有大志的。因為，當時大家只談理想，只談學問。萬一有人談錢，大家一定笑他的。這是當時一般知識分子的價值觀念。」〈人生的意義〉是殷海光先生在 1966 年 4 月 8 日的演講稿，演講地點是台灣政治大學。那個時候要讀上大學並非易事，求學不應該志在問舍求田，而當只談理想與學問。想不到在 2023 年的今天，問舍求田真的不要想太多，讀大學也只能是談理想與學問。

大學生要調適心態，大學教授要調適心態，社會大眾也要調適心態。普及化的大學教育，大學生要明白到自己已非天子驕子，如果要成為優秀的大學生，那麼只能鞭策自己付出十二分的努力。單純地成為「大學生」，這三個字不會使人成為天之驕子。教導精英，一點即通，不用多費唇舌；普及教育則不然，老師任重而道遠。顏淵聞一而知十，子貢聞一而知二，即使孔子復生，循循善誘，誨人不倦，或許也會有筋竭力疲的一刻。但無論如何，大學裏的教育工作者也就重新燃起了作育英才的熱誠。

社會大眾的銳利目光

在象牙塔外觀看塔內的人士，也要調適心態。在大學裏，精英代不乏人，不過只屬少數，硬要說成位位皆是精英，則未免是癡人說夢。近年來，每逢大學迎新營，傳媒便將目光投放其中，看看大學生有否做些傷風敗德的事情。可悲的是，此等於德有損之事確實是時常有之，世風日下，道德淪亡，正中了媒體的下懷。當然，好事不出門，醜事傳千里，傳媒對於好人好事大抵興趣不大；反之，傷風敗德之事最為吸引讀者的眼球。

迎新營之低俗遊戲，以及朋輩欺凌，舊生在各間專上院校的校訓底下，究竟如何能夠擔戴得起聖賢格言，循而肩負起輔導新生的使命，委實教人搖頭歎息。「博文約禮」「明德格物」等，皆出傳統儒家經典，而且結構相近，四字為句，分別關注學術與德行的發展。「約禮」與「明德」，二者不約而同將目光集中在行為之上。曾經在香港浸會大學傳理學院的學生報裏，看到一篇 1999 年題為「大學校訓意義何在？！」的報道。當時，香港的專上院校都在處於一個升格為大學的浪潮之中，有些大學還未有校訓，甚至指出要視乎學校的發展才會決定會否起草校訓。這種想法，似乎有理，其實不然。校訓是全校師生共同遵守的基本行為準則與道德規範，所代表的既是辦學理念、治校精神，更是校園文化建設的重要內容。所謂教風、學風、校風，即學校的文化精神，全仗校訓才可得彰顯。因此，如果對德行的追求乃是辦學者仍需考慮的因素，那便無怪乎學生的道德水平成為了社會大眾的笑柄，而辦學者除了科研的追求以外，究竟是否措意於培養大學生的德育水平，更引起了我們的關注。

參觀圖書館的迎新營

迎新營做些甚麼，沒有成法可言。雖然，那怕是只有短短數載歷史，籌備迎新營的舊生，總會說出了許多不可不做的迎新營「傳統」。在大學裏，研究上追求創新，在弘揚優秀傳統時要守舊，迎新營理當是屬於與時並進的一類。

經過了三年的新冠肺炎疫情，學生們都仿如白紙一般，沒有籌辦學生活動的經驗。這是壞事，但也是好事。今年（2023年）中文大學的迎新營恢復了晚上住宿，不再用過去兩年的日營模式。不知道是哪裏來的勇氣，中文系的迎新營居然接納了學生事務處的建議，參觀大學圖書館成為了活動之一。

大學圖書館是一所大學的心臟與命脈，甫入大學即參觀之，自是十分正常。我的大驚小怪，只是建基於昔日對迎新營只圖玩樂的刻板印象。社會大眾對此也不表關心，無人報道如此正向健康的中文系迎新營活動，媒體都只會注意到別人的不好，然後擴而充之，好人好事，我們心裏知道便是了。

大學是社會的縮影。如果大學只提供精英教育，這樣的縮影並不真實。現在，我們走的是普及教育的路線，專上院校滿載百分之七十的同齡人，「縮影」便有了名副其實的注腳。此時，我重新想起那位穿着涼鞋和短褲來參加面試的學生，他代表的正是社會裏的一部分人。如果他一切都明白了，便不必讀大學；在大學裏學習一些未嘗知悉的事情，也就不會枉費未來四年的光景。

（原載「灼見名家」網站，2023 年 9 月 26 日）

未圓湖畔的景與情

寫在迎新營營刊歌詞的第一頁

「迎新營營刊有些歌詞供參加者使用，起首有四支歌曲，誰人能夠猜到是甚麼歌曲？」那是一九九七年，中文大學崇基學院的迎新營，籌備的過程正是回歸前後，從英殖管治到回歸祖國。到了八月份迎新營舉行的日子，香港已經回歸了。四首歌曲，作為崇基人，其中兩首不消說也知道是我們每星期週會也會合唱的〈崇基學院院歌〉，以及〈崇基學生會會歌〉。還有一首，雖然絕大部分中大學生、校友都不懂得如何唱，卻時常映入眼簾，那便是〈香港中文大學學生會會歌〉。四支歌曲已揭曉其三，餘下一首是甚麼呢？生活在二零二二年的香港人未必猜得到，或許很多人看到答案會跌破眼鏡，原來是〈義勇軍進行曲〉，即中華人民共和國國歌。

懷着怎樣的心情，才會驅使當時營刊編輯部的籌委將國歌置於歌書裏？作為籌委之一，我撫心自問，看看這部營刊的封面，上面寫着五個大字：《崇基交叉點》。這是該部營刊的名字。大學是人生的過渡期。中學預科畢業後，有人繼續升學，有人進入社會工作。那些升學的年青人，便是不同時代的大學生。人生總是滿佈着交叉點，可以選擇不同的道路，朝着不同

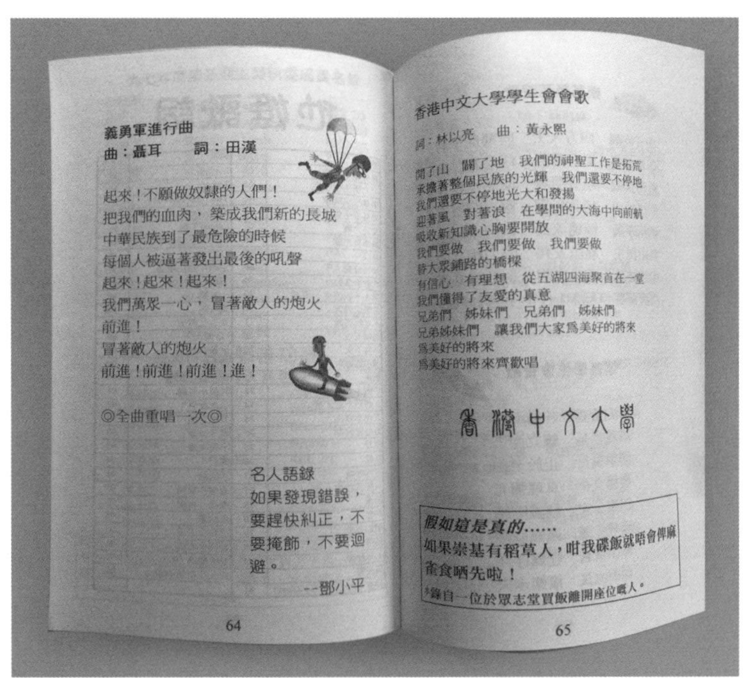
義勇軍進行曲

曲：聶耳　詞：田漢

起來！不願做奴隸的人們！
把我們的血肉，築成我們新的長城
中華民族到了最危險的時候
每個人被逼著發出最後的吼聲
起來！起來！起來！
我們萬眾一心，冒著敵人的炮火
前進！
冒著敵人的炮火
前進！前進！前進！進！

◎全曲重唱一次◎

名人語錄
如果發現錯誤，要趕快糾正，不要掩飾，不要迴避。
--鄧小平

64

香港中文大學學生會會歌

詞：林以亮　曲：黃永熙

開了山　闢了地　我們的神聖工作是拓荒
承擔著整個民族的光輝　我們還要不停地
我們還要不停地光大和發揚
迎著風　對著浪　在學問的大海中向前航
吸收新知識心胸要開放
我們要做　我們要做　我們要做
替大眾鋪路的橋樑
有信心　有理想　從五湖四海聚首在一堂
我們懂得了友愛的真意
兄弟們　姊妹們　兄弟們　姊妹們
兄弟姊妹們　讓我們大家爲美好的將來
爲美好的將來
爲美好的將來齊歡唱

香港中文大學

假如這是真的……
如果崇基有稻草人，咁我碟飯就唔會俾麻雀食晒先啦！
*錄自一位於眾志堂買飯離開座位嘅人。

65

營刊裏歌詞部分的第一首為〈勇義軍進行曲〉，第二首是〈香港中文大學學生會會歌〉

的終點進發。幾年的大學生涯怎樣過，在縱橫交錯的交叉路上如何找到出口，大學五件事究竟主力放在哪裏，想來便是一連串環環相扣的抉擇。讀書求學問、組織屬會、住宿舍、兼職工作、談戀愛，五件事先後次序如何，孰為輕重，因人而異。或者，你的大學五件事根本不是這五件事也並無不可。在跌跌碰碰的過程中尋找我路，也就說明了大學像是社會縮影的一回事。

1997 年崇基迎新營營刊封面

回歸祖國，面對主權的變化，留下來的只能是欣然迎接的心情。當時，處理不了變化的人不少離開了。難關不是用來跨過的嗎？昂首闊步也好，匍匐前行也好，留下來的人必需細想未來的路要如何邁步向前。站在交叉點上的不單是大學生涯，憶昔一九九七年的香港市民也如是。從一九八四年簽訂中英聯合聲明開始，甚至是在一九八四年以前，不少人已對充滿着未知的將來感到徬徨。回歸四分之一世紀以來，發展、變化，香港早已翻過了在殖民管治底下的一頁。無論是叫作「中國香港」

或「香港特別行政區」，構詞非常奇特，無非為了表明這裏是中國裏非常特別的部分。一國兩制能否成功，關鍵在於生活在這裏的人應當同舟共濟，齊心協力，並肩努力。在奧運的頒獎台上，升起特區區旗，演奏中國國歌，感覺妙不可言！

將國歌放在迎新營營刊裏，大學生對社會大事的關心實在是不言而喻，更表明了對不同想法的人的兼容並蓄。不要忘記，中大學生一直走在社會的最前端，因為我們都關心這個我們居住、生活、成長的地方。上世紀六七十年代的文化大革命，七十年代初期的保釣行動，七十年代末期的保衛大學四年制等等，中大學生一直有所關注，一直投入其中。當然，大學生不可能將大學的數年光陰轉化為對一事的單一關注，大學最重要的依然是學習與研究，大學五件事理當佔據大學生最多的時間。近年來，大學鼓勵學生多加投入服務學習。顧名思義，就是透過「服務」而達到「學習」的果效，所說的也是希望大學生可以在大學生涯裏多加投入社會、服務社會，學習成為社會的一分子。同時，也讓我們年輕一代明白社會的一切皆非憑空而來，而是幾代人辛勤的累積。如何承傳，如何發揮，乃是每一位大學生與生俱來的使命。

近年來，時常聽說甚麼「為了大家好，我才挺身而出」，或者要捍衛某某精神之類的說法。深謀遠慮者當然有，但我們絕大多數的人不過是戴盆而望天，只見一隅而不知大局。能夠捍衛自己的所見所感，便是不幸中之大幸。看看千百年來的歷史，審度時局，再看看身邊的人和事，然後便驚歎魯迅所言：

「我的確時時解剖別人，然而更多的是更無情面地解剖我自己。」實在放諸任何時地俱感適合。

回歸二十五年，倏然已過。二十五前感覺「五十年不變」距離遙遠，現在已經走了一半的路。作為特別行政區、一國兩制的示範點，香港要走一條怎樣的路，我們且走且看。世事多變而無常，能夠肯定的是大學生仍然關心社會，繫心於這個我們成長與生活的地方。二零二二年七月一日早上十時三十分，在中文大學本部中央階梯的升旗台，中國國歌奏起，伴隨着國旗緩緩升起，原本烏雲密佈的天空突然放晴。聽着國歌，站在中央階梯的我，想起了一九九七年迎新營營刊的歌詞頁，時光飛逝，一去不返，沒有激動的心情，有的只是事情理當如此發展，原來已經是四分之一世紀！

（原載《香港作家》，網絡版第十六期，2022 年 8 月號）

古籍課堂拾憶

古代文獻數量繁多，浩如煙海，能夠涵泳其中，神態自若，游刃有餘，自是極不平凡。我在大學一年級修讀鄭良樹教授任教「古籍導讀」科時，經常有這樣的感覺。記得那是在中國文化研究所二樓的一個教室，中文系一年級的課堂大多在這裏上課。文學概論、實用語法、古籍導讀、文字學皆不例外。可能是自己的學術興趣所致，最嚮往的總是古籍導讀這科目。當是時，總是看不透老師們的年紀，但聽學長們、同學們皆以「鄭伯」或「鄭伯伯」稱呼鄭老師，一直以為就是慈祥長者的意思。後來，才發現「鄭伯」或「鄭伯伯」原來也有經學層面的解讀。

鄭老師在上課的時候，總是予人和藹可親的感覺。講課的時候，聲調徐疾有致，拿捏得宜，我尤其喜歡細聽課堂上的《左傳》故事。鄭老師是蜚聲國際的《左傳》學者，此乃人所皆知的。《左傳》的第一個故事是「鄭伯克段於鄢」。其中情節極盡戲劇性，豐富多姿，鄭老師娓娓道來，教人心曠神怡。到了潁考叔獻上妙計，使鄭莊公與母親武姜和好如初，二人在隧道裏重遇的一刻，雖然是古代的文本，仍然如在目前。如在目前的不單是《左傳》文本，我的腦海裏滿滿是鄭老師眉飛色舞、淋漓盡致講授此文章的畫面。鄭老師是《左傳》專家，《左傳》第一個故事的主人翁就是「鄭伯」(鄭莊公，「伯」乃公侯伯子男五等爵的其中一等)。看來，稱鄭老師為「鄭伯」，原來還是饒富學術意義的。

能夠喚起青年學子學習古籍的興趣，乃是中文系大學教育裏的重中之重，也是鄭老師講授時的特點。我還記得《左傳・僖公二十八年》魏犨跳躍數百次證明自己身體狀況上佳的故事，《左傳》原來的描刻本已極盡視聽之娛，但在鄭老師聲容並茂的演繹底下，更是繪聲繪色，至今難忘。在諸經之中，《左傳》乃大經，篇幅長，要在一個學期全面講授並不容易。《左傳》是經書，不可能只說故事，經學意義才是關鍵。《左傳》與《春秋》之關係、杜預注的義例、《左傳》「君子曰」是否後人所加等，課堂裏皆詳加闡析，當時在座的我實在受益匪淺。

鄭老師出生在馬來西亞，在台灣求學，1988 年來到敝校任教。鄭老師講的是國語，讓同學們印象深刻的除了是嚴謹的研究態度外，還有的一定是鄭老師的粵語。我在一年級修讀鄭老師任教的「古籍導讀」，在二年級的時候選修了老師任教的「左傳」，到了讀博的時候，又修讀了「古代文獻作品選讀」。在香港中文大學中文系，絕大部分同學說的都是粵語，而鄭老師所任教的「古籍導讀」，一方面是一年級中文系主修生的必修科，內容又是新生在過去未嘗接觸的古代典籍，實在有一定的難度。我記得到了二年級修讀「左傳」時，鄭老師曾經說，高年級的科目他會用國語教，可是一年級的科目因為體諒學生們初進大學，故以粵語講授。有一堂的「古籍導讀」課，鄭老師說了一個字，同學們聽不懂，老師於是在白板上書寫出來，然後說：「現在寫給你看。」這句話還沒有出口以前，大家非常期待，話說了以後，同學們大笑不停。為甚麼呢？因為鄭老師說的是粵語，他說的是：「宜家寫俾你睇。（國語翻譯：現在寫給你看）」可是，鄭老師把「寫」（se2）讀作「死」（sei2），老師本意是寫給我們看，現在卻變成死給我們看。此時此刻，課堂上充滿着快活的氣氛。多年後的今天，跟大學同學聚會，仍然會想起古籍課堂上鄭老師的點滴。

讀研究院以後，我研究的是賈誼《新書》及其互見文獻的關係。其中，《新書》的真偽一直是前人學者關注的重點。在我的碩士論文答辯委員會裏，鄭老師給我的意見最多，也最有啟發性。眾所周知，鄭老師在古代文獻多個範疇皆鑽研甚深，古籍辨偽學是其中的一環。張心澂在 1939 年出版了《偽書通考》，鄭老師的《續偽書通考》（1984）就是對《偽書通考》的補充與續編。鄭老師的《續偽書通考》，不單增補了《偽書通考》所失收的辨偽資料，更重視網羅二十世紀的偽書考辨成果。在論文答辯會上，我記得鄭老師問了我一道很重要的問題。我利用賈誼《新書》及其互見文獻以討論《新書》的真偽，鄭老師問，出自兩書的互見文獻，如何判斷孰為先後。當年我大概回應了一大堆似是而非的答案，現在看來，鄭老師的問題其實就是明代胡應麟在《四部正譌》裏八條辨偽律的第三條和第四條，即是「覈之竝世之言以觀其稱，覈之異世之言以觀其述」，說的就是考查同時代之典籍有否稱述此書，以及考查後代著述中有否轉述此書。當發現互見文獻以後，究竟哪一段是先，哪一段是後，有許多問題需要注意。鄭老師的提問，我一直銘記，現在當我處理互見文獻時，每次都會想起老師的教誨。碩士畢業以後，我在原校攻讀博士，有一天在馮景禧樓走廊踫到鄭老師，老師把我叫到他的辦公室，然後送贈新作《諸子著作年代考》給我，讓我非常感動。這些如在目前的事情，原來已經發生在二十年前了，光陰荏苒，所言非虛。

鄭老師著作等身，執筆之際，再次翻閱手邊的《竹簡帛書論文集》《續偽書通考》《韓非之著述及思想》《諸子著作年代考》，以及「古籍導讀」「左傳」「古代文獻作品選讀」等三個科目的筆記。有盡的是課堂上的點滴，無盡的是可以傳之後生的學問。忽然間，腦海裏又浮現鄭伯講授「鄭伯克段於鄢」的聲音。

（原載《華人文化研究》第 8 卷第 2 期，2020 年 12 月，頁 20–22；
後收錄於陳煒舜主編：《典型夙昔：前修緬思錄 二集》，
台北：萬卷樓圖書股份有限公司，2024 年，頁 183–186；
復見「灼見名家」網站，2024 年 6 月 8 日）

此心安處是吾鄉 —— 無憂樹

崇基學院未圓湖的無憂樹來自廣東省華南植物園。在1997年上半年，容拱興博士以港幣100元之「友情價」購得無憂樹，並由當時校友會幹事吳海城親自由內地運送回崇基校園。無憂樹於1997年6月28日植根於未圓湖畔，當時有近千名崇基校友參與「九七全球校友重聚大會」(大會在該年6月28日至7月3日舉行)。無憂樹由時任崇基校董會主席熊翰章博士和院長李沛良教授親栽，意義深遠，當天雖然雨一直下，但仍然無減數百名來自全球各地的校友共同見證如此歷史時刻的雅興。香港於1997年7月1日回歸祖國，自中英聯合聲明於1984年簽訂以來，有人或擔心未來而感到茫然。無憂樹的移植，蘊含了凡事無需過分擔憂之意，同時抒發了對當時社會的冀望。無憂樹本身更是佛教聖樹，相傳佛祖釋迦牟尼便是在無憂樹下出生的，寄寓着佛祖努力化解人世間的苦難，為世人帶來無憂喜樂。

能夠以無憂命名，無憂樹擁有着令人神往的美名。走在未圓湖畔，在曲橋的北端位置，我們會發現一個圓形的小花圃，這裏便是佛教聖樹「無憂樹」所栽植之處。崇基學院本着「崇奉基督」的精神創校，無憂樹象徵在以基督教為本之餘，同時亦代表了學院具備着包容的精神、開放的態度，以及求同賞異的襟懷。我們為甚麼想要「無憂」呢？當然是因為人生總是滿有憂與樂的。《周易．繫辭上》說：「樂天知命，故不憂。」能夠在憂思之際求樂，並在歡欣喜樂之時而不忘憂，無憂樹時刻提醒我們當以天下憂樂為念。

未圓湖畔的無憂樹

無憂樹原產於中國雲南、廣西，以及印度、中南半島等地。每年在 3–5 月開花，7–10 月結果。花朵盛放之時，火紅的花簇綻放在樹冠上，遠眺仿彿一座金色的寶塔，在雲南地區又稱為火焰花。無憂花屬是豆目豆科下的一個屬，此屬有十一種，其中在未圓湖畔栽種的是中國無憂花（Saraca dives Pierre）。香港回歸前栽種了中國無憂花，至今已經植根崇基校園二十多年了，所選品種，寓意深遠，教人駐足，往觀再三。

人生不免面對種種憂慮，憂從中來，如何排遣，古今中外的文人墨客提供了不同的方法。三國時代的曹操，號稱一代梟雄，在他的名篇〈短歌行〉裏「何以解憂，唯有杜康！」說的是借酒解憂。遇到憂慮，我們也許在尋找東野圭吾筆下的浪矢雜貨店，並且修書一封，以求解憂。我們生活在崇基校園，大可省去尋祕解憂的過程，因為這裏生活了一棵名正言順、名副其實的無憂樹。

2021 年 9 月的新學期，在新冠疫情之下，師生重聚校園，回復了久違的熱鬧，充滿生氣。無憂樹仍在，觀賞者是否感到無憂，完全仰仗一己在心態上的調適。很多時候，我們以為外在環境影響了一切，是喜是憂，隨時遷移。其實，「登山」之所以能夠「情滿於山」，「觀海」之所以能夠「意溢於海」，一切皆在乎我們主觀的用心。此心安處是吾鄉，能夠做到坦然面對，不單止是 no worry ，更是免疫於 worry 了！

（原載《崇基校園通訊》第 58 卷第 4 期，2022 年 4 月 20 日，頁 10–11）

一巢生四兒

本來是去年要發生的事情，今年終於發生了。崇基學院未圓湖有候鳥，也有留鳥；有哺乳類動物，也有昆蟲、魚兒。有時候，會聽到翠鳥尖鋭高頻的叫聲，聚集成羣嘈吵的黑臉噪鶥，響亮多變的黑領椋鳥，以及夜鷺、池鷺等，這些都是未圓湖的常客。我們一家人特別喜歡的都不是這些，而是時而走路，時而掠水面而飛，更多時候是在湖畔踱步的白胸苦惡鳥。

白胸苦惡鳥的名字源出於其叫聲，像普通話「苦惡、苦惡」而得名。白胸苦惡鳥還有另外一個名字，那便是白腹秧雞。白胸苦惡鳥並不罕見，在沼澤、池塘、河邊等，皆可覓得其蹤影。因此，在未圓湖得見牠們的芳蹤，一點也不困難。

難得一見的是其築巢、孵蛋、育雛的過程。

去年五月底，我們曾經在未圓湖看到一雙白胸苦惡鳥。其中一隻辛勞地在未圓湖的不同位置找來樹枝和枯葉，然後小心翼翼地踩着垂往湖面的椏枝，修補着鳥巢。另一邊廂，有一隻白胸苦惡鳥幾乎動也不動，耐心地孵蛋。如斯景象，覽之使人明白，必然是巢裏有鳥蛋，假以時日小鳥便當破殼而出，繼續在未圓湖畔生活。可惜的是，即使我們連續十多天持續觀察，間中亦見巢中的白胸苦惡鳥輕微的移動身體，卻始終沒有看到孵出的幼鳥。而且，白胸苦惡鳥將鳥巢築在湖邊一棵椏枝延伸到湖面的樹上，這裏不時可見聚精會神而虎視眈眈的夜鷺和池鷺。牠們都很有可能危害到鳥巢的安全。經過了一輪風雨不改的守候，我們發現白胸苦惡鳥所築鳥巢不再完整，且漸漸散開，兩隻成年的白胸苦惡鳥也沒有再回到鳥巢。相信鳥蛋並沒有成功孵化，也就代表我們無緣一見幼雛！

未圓湖有着明晰的四季，而且不必使用溫度與濕度以證成，觀察這裏的鳥獸蟲魚便可知。2023 年的 6 月份的一個中午，陽光普照，大學生已經在放暑假，未圓湖畔顯得分外的清幽。從前，我住宿在應林堂，每次從大學港鐵站步行回宿舍的時候，甚少走車站路，而是取道未圓湖（當年只稱荷花池）畔的小徑。中文大學外面是煩囂的世界，校園環境與校外截然不同。經過未圓湖而回到宿舍，由宿舍經過未圓湖而到達港鐵站，未圓湖都充分發揮了她的洗滌心靈的作用。6 月 28 日的這天，開車走在池旁路上，緩緩前行之際，發現在無憂樹附近的草地，居然出現了兩隻白胸苦惡鳥，以及四個移動中的小黑點。定晴一看，這四個小黑點毫無疑問便是白胸苦惡鳥的幼雛。

當然，我在開車，司機要全神貫注路面狀況，雛鳥並非我所發現，而是坐在後排的女兒。看到白胸苦惡鳥的幼雛，她十分興奮，立即致電告訴媽媽，卻緊張得有點語無倫次。我們也沒有立刻下車，而是回家帶同攝影工具，再回到未圓湖拍攝白胸苦惡鳥一家的動態。

拍攝野生動物，以不打擾牠們的生活為最重要的原則。回到未圓湖畔，我們停留在池旁路的欄杆附近，與育兒中的白胸苦惡鳥保持適當的距離，觀察牠們的一舉一動。過去我們在未圓湖經常可見白胸苦惡鳥，但牠們的警覺性高，稍加接近便立刻四散。育雛期間的白胸苦惡鳥則不同，幼鳥在草地上學習走路、覓食（白胸苦惡鳥的食物包括昆蟲、螺、種子等），雙親則一直從旁觀察。有時候，一隻幼鳥走得較遠，發現了，便立刻跑回雙親的身邊。未圓湖是一個人與動植物共融的公共空間，暑假裏雖然人流不多，但每當有人路過無憂樹至落羽杉的一段湖畔之時，白胸苦惡鳥們無論老幼還是會跑到大紅花灌木叢裏稍為躲避，在遊人離開後，便又重新出來四處觀察。

我們看見了四隻幼雛，可惜的是在鏡頭下沒有成功全數捕捉。白胸苦惡鳥幼鳥仿如宮崎駿電影《龍貓》裏的煤炭屎鬼，全身長着黑色的絨羽，在日後換羽的過程中，先會長為亞成鳥，再長大為成鳥，羽毛的顏色則一直在變化中。這次在未圓湖觀察白胸苦惡鳥，除了成鳥和幼鳥以外，還在方樹泉樓後方的草地上看到了一隻亞成鳥。亞成鳥有時仍然會跟隨父母活動，並幫忙育雛。這隻白胸苦惡鳥亞成鳥，我們沒有看到牠協助照顧弟妹，但正見牠在拍翼練習，準備展翅高飛。「學」然後「習」，「習」每每比起「學」更為重要。宋代朱熹在訓解《論語》「學而時習之」句的「習」字說：「習，鳥數飛也。學之不已，如鳥數飛也。」幼鳥總有學習飛翔的過程，「習」便是鳥兒拍翼的模樣。白胸苦惡鳥亞成鳥在未圓湖畔拍翼練習，如同莘莘學子在校園裏學然後習，然後所學才有所成。亞成鳥在這裏習飛，大學生在湖畔的牟路思怡圖書館複習課堂上的講授，委實天衣無縫。

聯合國在 2015 年提出了「永續發展目標」，這些目標合共有十七個，其中第十四項是保育海洋生態，第十五項是保育陸域生態。白胸苦惡鳥能夠在優美寫意的校園環境下孕育其下一代，在未圓湖裏暢泳，在湖面飛翔，在湖畔覓食，涵蓋水陸，也算是為了生態永續發展畫上了活靈活現的一筆！

在未圓湖裏暢泳的兩隻幼雛

兩隻幼雛邁步向前探索未知

白胸苦惡鳥的亞成鳥（羽毛呈灰褐色）在拍翼練飛

白胸苦惡鳥雙親與一隻幼雛

東張西望的幼雛

（原載《崇基校園通訊》第 59 卷第 11 期，2023 年 11 月 20 日，頁 12–13）

與動物共融

我時常跟學生半開玩笑地說，「大學不大，便不稱為大學了！」又說，沒有人在其中的景觀，算不上是甚麼特別的風景。在中文大學的校園裏，這裏的鳥獸蟲魚，多姿多采，可以教人駐足而觀！

在校園裏漫步

香港人的生活節奏急促，走起路來如同颸風，雖然在 2007 年的調查裏，走得最快的是新加坡人，第二是丹麥哥本哈根人，第三是西班牙馬德里人。走得不夠快，但質量互補，走路最多的則是香港人，這是出於美國史丹福大學在 2017 年的統計。在大學校園裏，除了追趕校車的師生以外，一般而言都不趕急。

中大校園裏的人都很悠閒，動物亦然，彼此過着獨有的中大時間。近年來，比較特別的是在大學正門看到了一頭踱步吃草的黃牛。這裏原本有一棵枝葉非常茂盛的大榕樹，佇立在「香港中文大學」六字校門石闕的正後方。在 2018 年颱風山竹吹襲期間，大榕樹倒下了，即使過了數個星期，大榕樹的枝葉依然如昔，不過是倒地休息而已。可是，扶起一棵大樹，成本遠較將大樹連根拔起清走為高，也要花上更多的心思。結果，大榕樹給砍掉了，大學正門成為了一片偌大的草地。

校門石闕後悠閒的黃牛

孟子說，牛山之木曾經非常茂盛，可是天天放牧，結果草都給牛吃光了，我們只看見牛山光禿，便以為這裏不曾有草，其實是我們沒有謹記存養的功夫。塞翁失馬，焉知非福？禍兮福所倚，福兮禍所伏。大榕樹沒有了，黃牛卻得以順利進入校園。師生必需要出示證件才能出入，唯有此牛可以突破人世間的藩籬。悠閒的黃牛，搖着尾巴，低頭吃草。我們也沒有騷擾牠，遠遠地觀賞，保持着安全的距離。可惜的是，近來這片草地又再進行新的工程，架起了圍板，黃牛似乎難以再次到來。

悠然自得的還有猴子。金山郊野公園有許多恒河獼猴，在大學正門外的大埔道，在赤泥坪村、大埔尾村，皆見其蹤影。校園裏也不乏猴子。曾經，在 2009 年以前，膠袋徵費尚未開始，校園裏的猴子時有守候在唯一的超市的門外，瞄準剛買好東西的青年學子，稍有不慎，食物便給猴子搶走了！後來，大家嚮應環保，自備購物袋，猴子看了也不知如何下手，慢慢地不再守候在超市。野猴騷擾中大居民，保安部門看了，下定決心，要捉拿驅趕而後快。起初，捕猴籠長得有點像捉狗的，猴子是靈長類動物，一手撐起捕獸籠的閘門，然後取走籠裏的誘餌。猴定勝人，莫過於是。有時候，在伍宜孫書院臨海健身房定睛一看，便見猴子悠閒地俯瞰着吐露港、八仙嶺，氣吞山河，氣派十足。

士林路上的猴子

討喜的松鼠，可以在校園裏的不同角落覓得其芳蹤。寓居教職員宿舍之初，便得見松鼠在草地上的欄杆活動。在未圓湖，松鼠更是時見所見。遨遊在湖畔的樹木上，東奔西跑，繼而跳躍，襯托着蔚藍色的天空，賞松鼠絕對是秋冬季節在未圓湖的絕佳活動。

在樹木間攀爬的松鼠

校園裏的貓與狗，都得到善待。深夜時分，在富爾敦樓停車場，可見羣貓活動。其他如新亞知行樓旁、崇基的何草，愛心膨湃的大學生，都在逗着小貓玩耍。在社交媒體裏，更有着「中大貓」的專頁。校園裏有兩頭野狗，時常在山城裏遊弋。在新亞與聯合的山頭，在三四苑的後山，在士林路的不同路段，大地任我行。

鳶飛魚躍　鳳翥龍翔

「鳶飛魚躍」語本《詩・大雅・旱麓》「鳶飛戾天，魚躍于淵」二句，比喻萬物任其天性而動，各得其所。至於「鳳翥龍翔」，語出明代張居正〈陵寢紀〉，此中「翥」指鳥向上飛；「翔」則盤旋飛翔，全句意謂龍飛鳳舞，形容氣勢非凡。二句乃是崇基學生會會歌的歌詞，出自王韶生教授（1904－1998）的手筆。崇基學院未圓湖正是飛鳥游魚俱在的共融勝境。

追趕校車的白頸鴉

未圓湖有留鳥，也有候鳥。用鳥語花香來形容這裏，十分貼切。麻雀、紅耳鵯、鵲鴝、珠頸斑鳩、紅嘴藍鳥、黑臉噪鶥等，時有所見，乃是未圓湖的常客。吃魚的鳥兒也為數不少，最常見的是夜鷺和池鷺。到了冬季與春季，白鷺、蒼鷺也會映入眼簾。吊鐘王開花之時，叉尾太陽鳥也隨之現身。曾經，在方潤華堂、方樹泉樓的後面，既有夜鷺和池鷺，而樹木下的草叢堆裏，居住了在水邊覓食的白胸苦惡鳥。後來，大樹猶在，但樹下的草叢堆則遭人連根拔起。其實，不同種類的動物同住一地，構成了這裏的生態平衡，棲息地遭到破壞，後果是環環相扣的。

未圓湖畔的白胸苦惡鳥

到了春意盎然之時，鳥況更盛！暗綠繡眼鳥(相思)在樹間來回飛舞，尋找着果實、種子、昆蟲。伴隨而來是牠們清脆嘹亮的叫聲，賞心悅目，在校園裏漫步，鳥語花香，誠為樂事。春夏之際，響徹校園的還有噪鵑的啼叫。求偶的噪鵑從早到晚不停地發出愛的呼喚，願能覓得好逑。寓居在大學教職員宿舍裏，到了凌晨三時，噪鵑求偶的叫聲依然不絕於耳，我們聽來，也為了牠能否在今年求得佳偶而感到憂心！

聚精會神的暗綠繡眼鳥

在大學港鐵站旁邊的校車站，這幾年來一直在車站懸掛起 17 個聯合國持續發展目標的橫幅。目標 14 是水下生物，旨在杜絕塑料袋，維持海洋安全和清潔。目標 15 是陸地生物，希望能夠多種植樹木，幫助保護環境。兩個目標，都跟動物相關。這些宣傳橫幅，也有與動物共融的奇景。只要找對時節，駐足而觀，抬望眼，便見兩塊相夾的橫幅裏，有着一巢又一巢的麻雀。麻雀父母來回飛翔，找來食物，餵飼雛鳥。我們只要注意地面，看看有沒有麻雀留下的「白色紀念品」；如有，抬頭一看，鳥巢便已呈現眼前。一邊等着回環往復的校車，一邊觀鳥，好不寫意！這也為人與動物共融下了一條別樹一幟的注釋。

聯合國持續發展目標橫幅裏的鳥巢

Allan Murray Cartter（1922–1976）曾經說過，“The library is the heart of a university; no other single non-human factor is as closely related to the quality of graduate education.” 這裏把圖書館比喻成為大學的心臟，負責輸送賴以為生的血液與養分到各處。來到香港中文大學的大學圖書館，先不必立刻跑進圖書館去尋書。舉頭一看，滿天可見來回飛翔的小白腰雨燕。這裏是全香港最大的雨燕聚居點，約佔全港總數的兩至三成。不要以為在大學圖書館勤奮認真的只有大學師生，在圖書館外牆築巢的數百隻小白腰雨燕，也會一面翱翔一面捕食小昆蟲。在大學重回四年制之前，大學圖書館進行了為期數年的擴建工程。施工期間，大學亦有實施一系列措施以保護小雨燕，例如大學在南面簷口安裝了 25 個人工鳥巢，以作雨燕臨時的居所。工程峻工後，雨燕又重新回到外牆生活了。為小白腰雨燕提供了宜居之處，乃是我們在中大校園裏體會到的與動物共融。

大學圖書館的小白腰雨燕

體積雖小而數量極多的大家庭

中文大學校園翠綠羣山，風景怡人。親近大自然的背後，代表着我們的生活是與漫山的昆蟲為伍。蚊子是原住民，在校車站，看到穿着短褲的男女同學，每到黃昏，有節奏地蹦腳，或者是在跳舞，其實是在嚇跑蚊子。我心裏常有一種疑惑：在中文大學裏不穿短褲是常識，除非你是不怕蚊叮，或者就是喜歡被叮。否則，「請穿長褲」是真諦！

教職員宿舍書房的窗戶，有着一片大玻璃，面向環迴北路，在好些日子的晚上，都在上演一幕又一幕壁虎與飛蛾聯合主演的好戲！說實在，我也參與其中。我家的書房在晚上燈火通明，而飛蛾有着趨光性行為，順理成章，書房的窗戶便時有飛蛾光臨。飛蛾一直往上爬，壁虎則靜悄悄在旁守候。飛蛾前進一步，壁虎亦走亦趨，保持着適當距離，伺機而行。剎那間，壁虎將身體挪前，咬住了飛蛾，大快朵頤。如此戲碼，有時候一天數度上演，見證了大自然裏的弱肉強食。

壁虎與飛蛾

戰國時代莊周的螳臂擋車故事，這裏亦有重現。有一天，到了停車場準備開車之際，赫然發現綠色異物在車鈴，定睛一看，乃是螳螂。如果立刻驅車離去，恐怕傷及無辜。可是，眼見授課時間漸近，再不前赴教室，便當遲到。蘇東坡說：「天地之間，物各有主，苟非吾之所有，雖一毫而莫取。」想到這裏，我也不再遲疑，只要改乘其他交通工具，同樣可以到達教室，而不傷及螳螂。

二十一世紀的螳臂擋車

還有一種隱身界高手，需要我們特別留心觀察，那便是竹節蟲。牠是昆蟲界的偽裝大師，身體細細長長的，形狀像小樹枝又像小竹枝，體色呈綠色或褐色，與其所棲息的植物極為相似。當然，偽裝的目的在於欺敵，希望性命得以保存，乃是竹節蟲的生存之道。中大校園就是大自然的環境，竹節蟲也不免跑到非植物的環境裏，如圖中所見，竹節蟲便與汽車融為一體。當天我從住處驅車前往中文系辦公室，下車時便見竹節蟲「風雨不動安如山」，看來是從教職員宿舍隨車而至。

車門外的竹節蟲

在中大校園裏，我們的生活各適其適，人與動物互不干擾，即使意欲干擾，也是徒然。以天地之大，人之渺小，如同塵埃。李白說，清風朗月不用一錢買，看似事實，其實不然，沒有全校員生的共同努力，我們不可能愜意地生活在如斯的環境裏，人與動物共融正是如此。

（原載「灼見名家」網站，2023 年 8 月 29 日）

後疫情時代

不許百姓放火

有一年，到台灣參加學術會議，適值中秋佳節，卻見晚上店鋪大多關門，然後家家在門外烤肉，一時煙霧彌漫，肉香遠播。後來，參加了一次經學與文化的研討會，席間有學者專就台灣人民在中秋節烤肉的傳統來了一次學術性的追本溯源，考證得鉅細無遺，使人印象難忘，肯定是該次研討會裏最具社會影響力的一篇論文。

垂涎他鄉的燒烤場

烤肉在香港稱為燒烤，香港的燒烤五花八門，非常豐富，有港式燒烤、日式爐端燒、韓式燒烤，說着說着便教人垂涎三尺。看到「垂涎三尺」這個詞彙，忽然覺得自己遣詞造句的能力真好，查看一下「垂涎三尺」的解釋：口水流下三尺長，形容非常貪饞。語或本漢人賈誼《新書．卷四．匈奴》。後用「垂涎三尺」比喻看見別人的東西極想據為己有。說得真好，這個詞語用來「比喻看見別人的東西極想據為己有」。為甚麼別人有而自己不可以擁有？為甚麼要覬覦別人的東西？美味的烤肉何以使人垂涎三尺呢？事源還是那個冥頑不靈的新冠肺炎。

香港雖然是現代化的國際大城市，但境內的 1108 平方公里土地裏，居然約有四分之三仍是郊野，郊野公園和特別地區共佔地 443 平方公里，遍佈全港各處，此中包括了 163 個燒烤地點。另外，還有 41 個燒烤地點由康樂及文化事務署管理，主要位於泳灘和公園裏。此等公眾燒烤地點自 2020 年 7 月 15 日起停開，至今已超過兩年，期間未曾因應疫情緩和而重新開放。

這些燒烤地點，都有燒烤爐、固定石櫈、石桌等，兩年來一直如同兇案現場般，以膠條圍封，不讓市民使用。燒烤是社交活動，社交活動有利於新冠肺炎的傳播。因此，幾波疫情以來，不同的表列處所因應疫情緩急而時停時開，只有燒烤場仿如洪水猛獸，一直無法解封。

伏義取天火　政府拒解封

燒烤向來被視為人類最原始的烹調方式，在火上將食物烹調至可食即可。有說伏羲取來天火，教人用火烤熟獸肉，這便是燒烤的起源。伏犧乃傳說時代的人物，其故事是否可信，今人不得而知。那麼原始的烹調方式，卻也不敵新冠肺炎，可見伏犧也埋沒在歷史的洪流了，甚至有一天燒烤也會成為了傳說的一部分！

或問：不到政府燒烤場便沒有燒烤的地方嗎？回答：不可以在郊野公園，以及泳灘和公園裏的燒烤場，私人燒烤場則不在此限。此後，我們聽到、看到不少無牌營業的燒烤場為警方所票控，也有不少有牌經營的燒烤場大受市民歡迎。為何疫情下的燒烤場出現如此的怪現象？何以只有特區政府轄下的燒烤場才會傳播病毒，而私人機構的皆不會呢？沒人回應，也無從知曉，郊野公園燒烤場就這樣與我們漸行漸遠了！

中國神話中取天火教人烤肉的伏羲畫像。（明代 孫承恩《集古像贊》）

有說在第 599G 章《預防及控制疾病（禁止聚集）規例》的權威下，如果燒烤場出現了多人聚集的情況，因所處地區大多僻遠，執法人員將難以維護法紀，很多市民或因此墮入法網。

這有可能出現，但有人有可能犯法，我們要想的不是該如何執法嗎？因難以執法而長期關閉某類處所，不就是典型的「斬腳指避沙蟲」嗎？不去找出解決問題的方法，而是推搪、遺忘、迴避，204 個燒烤地點彷彿消失在人們的眼前。

不許百姓點火　圍爐成為夢幻

回到 2020 年第一波、第二波疫情的時候，燒烤場仍然開放。有幾次，我們一家來到新娘潭燒烤場燒烤避疫，看到孩子收拾枯枝幫忙生火，吃得津津有味，然後溯澗而上，尋幽探祕，便是一段感受大自然生趣的歷程。疫情使香港市民難以出遊，我們當然願意留港建港，但燒烤場自 2020 年 7 月 15 日因應第三波疫情而封閉至今，[1] 不許百姓放火，燒烤成為了我們夢幻般的追求。

沒有期望，便不會失望。從來沒有使用這些郊野公園和康文署管理場地燒烤場的人，自然不會明白這是香港市民生活的一部分。當然，這就等如香港市民每天乘坐交通工具都會使用八達通，但如果家有司機，每天乘坐私家車上班出遊的話，八達通便跟你幾乎毫無關係。同理，生活裏沒有燒烤的話，燒烤地點是否重要便當另作別論。出入境的抗疫安排時有變化，食

1　案：香港的各公眾燒烤地點自 2020 年 7 月 15 日起停開兩年多，至 2022 年 11 月 3 日重開，關閉 800 多天，期間未曾於疫情較緩和時重新開放。今天燒烤場雖已重開，本文可作為歷史的紀錄。

肆、美容院等皆有因應疫情緩急而或開或關，燒烤場究竟是屬於哪一種的表列處所呢？何以只能長期封閉？似乎難以得到答案。看來，燒烤場如有重開的一天，必然是燒烤文化已經打動了在上位者，才能大施慈悲，網開一面，而非燒不可。

原來，圍爐取暖也有它的局限，疫情使我們遺忘了燒烤場。有說晉文公遍尋介之推不果，以火燒山，結果燒死了介之推母子。因而下令每年此時不許生火，是為寒食節起源的一說。今天，介之推的事跡依舊深入民心，我們不在野外生火，光陰荏苒，原來已經兩多年了！

（原載「灼見名家」網站，2022 年 9 月 28 日）

缺席也有新常態

新冠疫情顛覆了許多事情，猶記疫情之初，常有人取之與2003年「沙士」相比較。有一點相較之下大有不同，那便是當年停課便是停課，如今則不過是暫停面授，改為網課。顯而易見，科技不斷進步，也防止了老師失業，真是萬幸！習慣了網課是代替品，恢復實體面授課後，學生缺席也有了新常態。

鮑照式請假信絕不容易

鮑照是南北朝時期的著名文學家，仕於劉宋，與謝靈運、顏延之合稱「元嘉三大家」。在鮑照的文學作品裏，可見兩封請假信，第一封請假三十天，第二封大抵續上封，請假一百天。鮑照撰寫兩封請假信的原因，第一封因欲修繕房子，第二封則出於妹妹令暉之逝。兩封文字，尤以第一封明白而淺顯，卻又不失莊重，其文如下：

> 臣啟：臣居家之治，上漏下濕。暑雨將降，有懼崩壓。比欲完葺，私寡功力，板插綯塗，必須躬役。冒欲請假三十日，伏願天恩，賜垂矜許。干啟復追悚息。謹啟。

鮑照老家的房子上漏下濕，夏天雨水將至，便有倒塌之危了。鮑照於是欲親加修葺，並向皇帝請假三十天，希望能得上天眷顧，以及答應請假申請。全篇四字為句，行文暢朗而典雅。老師如能收到這樣的請假信，想必不假思索，立刻答應請假要求。

鮑照像（日本京都詩仙堂之《三十六詩仙》畫像）

時移世易，如此請假函撰寫非易，實用文貴乎達意，用詞華美乃屬額外要求。請假函能夠華美而達意，完美結合，使請假也成為一門藝術，誠為人間樂事！

荀子說：學不可以已

二千多年前，生活在戰國末年的荀子，曾經有這樣的一句話：「學不可以已。」求學是不可以讓它停止的，也可以理解為學無止境。如此勉勵學習之語，可謂鼓動人心，教人奮發向前。新冠疫情開始後不久，學界便發出了「停課不停學」的呼籲。於是，師生只是不能回校上課，教室的位置在雲端，無間斷的網課應運而生。

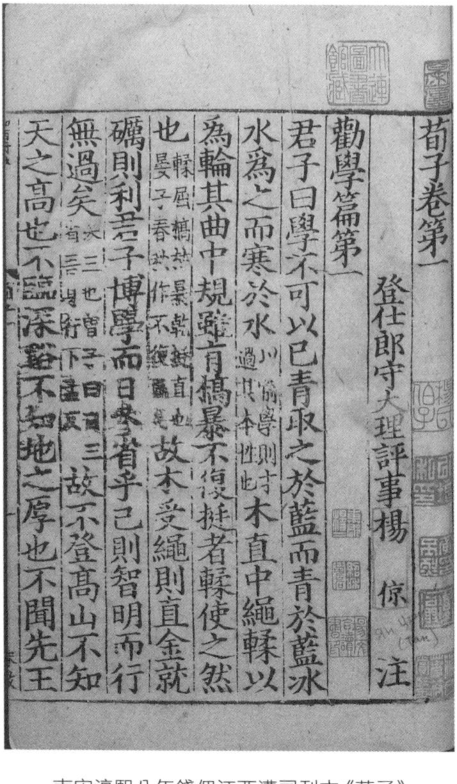

荀子卷第一　登仕郎守大理評事楊　倞　注

勸學篇第一

君子曰學不可以已青取之於藍而青於藍冰水爲之而寒於水以喻學則才過其本性也木直中繩輮以爲輪其曲中規雖有槁暴不復挺者輮使之然也輮屈槁枯暴乾挺直也晏子春秋作不復贏也故木受繩則直金就礪則利君子博學而日參省乎己則智明而行無過矣參三也曾子曰日三省吾身行下孟反故不登高山不知天之高也不臨深谿不知地之厚也不聞先王

南宋淳熙八年錢佃江西漕司刊本《荀子》

短暫的網課並不可怕，但當短暫不再短暫，成為了生活不可或缺的一部分後，巨變才隨之而來。

疫情以後，出現了一些新常態，網課只是其一。於是，大家成為時間管理大師，一切活動都變得靈活起來。例如參加會議，過去總會預留一些時間，作為兩個會議之間的緩衝。現在不單是一個會議可以緊接另一個會議，甚至是兩個會議同時參加也不再是夢。可笑的是，認識一位同時參與兩個會議的某君，在 A 會議裏有人呼喚他，他沒回應，我以為他在參加 B 會議。但當 B 會議也在呼喚他的時候，他也沒有出現。某君不會知道，我也在參與這兩個會議，因此才驚覺他同時在兩個會議裏掛機，真的是日理萬機的最佳示例！

人不可停止求學，固其然也，但網課只是比起沒有上課好。我常說，網課的出現，其目的在於能夠使教育機構提供有限度服務，不使教學停止。可是，要使網課達到實體課堂的效果，並不可能。人皆有惰性，互聯網世界七彩繽紛，老師即使出盡渾身解數，也未必能夠與此匹敵，不消多久，同學們便都魂遊往元宇宙去了。

網課以外的一種選擇

習慣了網課的方便，一條鏈接，可以解決萬千的問題。新常態就是如此建立起來。2021 年 9 月的學期，大學課堂雖也面授，但當時確診病例很少，同學基本上皆能出席。同學們也對於課堂終於回復實體面授，甘之如飴，趨之若鶩。2022 年 9 月的學期同樣面授，但在第五波疫情陰霾久未散去的情況下，每個星期總有數名同學因為確診或密切接觸而未能上課。於是，雙軌教學模式便出現在課堂之上。一般同學回到學校面授上課，確診或密切接觸的同學則可作網課，線上線下同時上課，好不熱鬧，只是將教師弄得手忙腳亂，彷彿盡了人生無比的努力！

因事不能到校，但仍爭取上課機會，好學得教人心生景仰。這個學期我便收到了許多網課的請求，希望老師可以發來那條珍貴的網課鏈接，使學習不至中輟。有同學因為早上咳嗽兩聲，雖未確診，但為免傳染同班師生，因提出網課請求；有同學於課後要舟車勞頓到校外上課，怕交通擠塞，耽誤時間，因而申請改為網課；有同學因到醫院覆診，怕跟不上學習進度，因而欲上網課；有同學來潮肚痛，臥牀休息，也申請改上網課。還有許多原因，難以盡錄，唯好學之心昭然若揭，卻是事實。其實，缺席就是缺席，學生應該爭取時間做該做的事，不必追求以網課形式補回課堂。生病了，好好休息便可，也不必追求完美的出席率。

孔子說，知之者不如好之者；知道要學習不是不好，但好學不倦自是更好。好學的方式有許多，上課只是其中一種。大學並不要求學生有着百分之百的出席率，有事不能來上課，或者就是任課老師吸引不到學生來上課，學生是可以適當地翹課的。大學跟中小學不同，大學生上不了課，老師也不可能窮追猛打，畢竟這就是大學生一丁點的自由。當然，翹課也不能太過分，敝系學生如缺席課堂三分之一，便有該科成績不及格之虞。

翹課也未必是壞事

在大學學習期間，要學懂時間分配，即使翹課也未必是壞事。重點在於，學生是否有比起上課更重要的事情。一切都是成本效益的問題。大學用以評鑒教員有三大要求，包括教學、研究、服務。其實，三而為一，那便是研究、研究，以及研究。學生也有每個人的大學五件事，讀書是其一，但要如何讀，卻也無絕對標準。

每次講課，以四十五分鐘一堂而言，兩堂即九十分鐘，三堂即一百三十五分鐘。課堂教學按着老師的志趣所在，老師也要照顧班裏的學習差異，兩三堂課不會令人脫胎換骨。反之，遇上不感興趣的主題，學生跑到圖書館去查看資料，為此而翹課，所得的知識並不比親身到課堂上課的少。

那麼，為甚麼學生在種種困厄下仍欲追求網課呢？這無疑也是在疫情下的新常態。這新常態乃是要把握當下的機會，不要讓它悄然流過。過去三年，我們都失去了許多，但逝者不可復返，只能努力在當下。於是，無論甚麼情況，都要上課，實體課來不及，網課也不放過。大學生正處於對知識最為渴求的人生階段，有疑則問，遇事便爭取，不要輕易放過眼前的一切。那麼，新常態下對於缺席課堂的反應，也代表着大學生對「求學」二字的執着，學子生性，教師倍感安慰！

（原載「灼見名家」網站，2022 年 11 月 17 日）

疫情前的一聚

我在中文系讀書、教書，一眨眼就快要三十年了。無論從哪一個角度看，有一個科目難度甚高，最為考驗任課老師的學養，那便是「講論會」。博碩士研究生的講論會，如同華山論劍，尤其是在讀時期的講論會，不同範疇的論文在課堂裏迸發出無盡的火花，這個科目正是由當時的講座教授吳宏一老師任教。

敝系課程分有四大範疇，那就是古典文學、現代文學、語言文字學、古代文獻。現在的學生都是儘早地劃地自限，將自己關閉在某一學科裏，儘早地成為「專家」。從前可不同，四個範疇的研究生都在同一班講論會裏，每次報告除了有相同範疇的同學指正以外，吳老師的評語更是令人緊張得屏息靜氣。當年的講論會，每次有一位研究生報告研究成果，課堂的安排包括了四十五分鐘的個人報告、同學們的提問、指導老師的意見，以及吳老師的總評。自己的報告，自己可以管控；同學們的問題，問得廣但未必深；指導老師基本上都會保護自己的研究生（當然也曾有指導老師罵哭學生的情況）；唯有吳老師的點評，縱橫古今，既廣且深，卻是徐疾有致，緩緩道出，尖銳而一矢中的。遙記當年，我寫的是賈誼《新書》所見《詩》的問題。吳老師研治《詩經》多年，卓然有成，我不必在這裏介紹。在吳老師面前還要討論《詩經》，實在是向難度挑戰之舉。我還記得吳老師的意見，並在課後重新修訂，該文後來更在《人文中國學報》刊出，是我第一篇發表的學術論文。吳老師所指正的地方，所提供的材料，以及結論要一項項清楚撰寫，不要寫一段綜合性的結論，這些我都牢記在心。有些老師責罵學生，面紅耳赤，力竭聲嘶。吳老師以學術論學術，從不動氣，指斥學生便自使學生無地自容。吳老師會先說兩句好話，「可是」後面的才是論文真正表現的點評，我們慚愧之餘，也奠定了做學問要追求扎實基礎的學風。

還有一件在講論會要做的事情，那便是報告和提問都要用普通話。這在二零二三年的今天平常不過，但在一九九九年卻是大挑戰。如前所述，我報告的是與《詩經》相關的課題，《詩經》的文句有些我不但不會讀普通話，而是連廣東話也不會讀。我相信吳老師不是完全不會聽廣東話，但為了訓練我們日後行走在學術的江湖裏的競爭力，我們只能硬着頭皮，說些地道的普通話。吳老師的先見之明，到了今天，如果在報告時候不使用普通話，反而讓我感到奇怪，原來習慣真的會成為自然。但這個習慣的出現，還是有賴某些人和事的促發。

吳老師離開中文大學以後，供職於香港城市大學，除了在交通工具上碰到老師以外，我和內子也曾邀約老師共膳。從新城市廣場到又一城，每次遠遠地看到吳老師，原來老師也遠遠地看到我們。在課堂上常聽到吳老師說「眼睛不好」，同學們一時也掌握不到「不好」是甚麼意思，程度是怎樣？後來才知道這跟不能用力，不能看太久有關，而非遠近的問題。因此，我們遠遠的看見吳老師，便會立刻上前恭迎，因為我們深知無法逃過老師的「法眼」。

吳老師總會勉勵我們多寫作學術論文，資料要詳盡，討論要合理，結論要創新。有兩句話，我記得特別清楚，就是研究的兩個層次，一是「發現問題」，二是「解決問題」。論文寫得好不好，有時候可能在定下題目時候已經「命定」了，但更多時候是在寫作的過程裏，邊走邊看，然後有所得著。一篇論文，能夠解決一個學術問題固然好，但能夠發現問題已經很不錯。吳老師多次強調這個治學的次序。這對我自己寫作論文，以及指導學生寫論文而言，同樣獲益匪淺。「發現問題」是選題上的考慮，前人未嘗觸及的研究方向，哪些才值得我們視之為「問題」，從而「發現」？選題要別具慧眼，否則一頭便栽進去不能解決的問題裏，便是追悔莫及。因此，「發現問題」一點也不容易，更是成功的關鍵。不過，我們當然要量力而為，此因沒人探討過的問題，可能是太有難度，可能並不值得，這些都應該一併是「發現問題」時候要注意的。問題被發現了，便當去解決。這是搜集證據與推論的過程，我在教學時經常不多說，只給學生閱讀吳老師的一篇論文，那便是〈溫庭筠菩薩蠻小山重疊金明滅相關問題辨析〉(《香港中文大學中文學刊》1997 年第一期)。此中處理文獻的方法，考證之細，推敲之妙，適足為有志於文學研究之學者所參考。

有事，學生自當服其勞，但吳老師都很客氣，不想為後輩添麻煩。有一次，吳老師回到敝校參加研討會，然後要到沙田處理一點雜務，那裏距離敝校不遠，開車十五分鐘就能到，可是吳老師一再問我是否真的有空，否則便不用載他到那裏了。我心裏想，如果沒空也應該把原有的事情挪開，更何況我本身真的空閒。於是，我們便驅車到了沙田。老師在沙田辦點事情，時間不長，卻依然不想我浪費時間，便命我可以先行離開，他會自己回到學校。我當然還是原地待命，直至老師完成了在沙田的事情，然後才驅車一起回校。這只是一件微不足道的小事，卻足見吳老師以禮待人的君子之風。

從讀研究院的年代開始，每年都會寄上聖誕卡或賀年卡給吳老師，這裏也就歷經變化。從中大的信格，到城大，接着是由台大中文系轉交，現在是住處。無論是寄到哪裏，老師必定在收到以後，請女兒電郵回覆，以免我們掛心。這也是一種對後輩的體貼。從前都會寄聖誕卡或賀年卡給老師們，後來改為電子賀卡，再後來改為即時通訊軟件的問候。現在，每年唯一寄上賀卡問候的，只有吳老師了。這除了是學生向老師的問候以外，更提醒了又是一年一度的佳節。

疫情障隔了台港兩地，近來跟吳老師見面，要回溯到 2020 年的春節。那時候，疫情已經悄然開始，但只有零星個案，病毒是如何傳播，也沒有明確的線索。於是，早就訂好了到台北旅遊的行程，也就按時出發。我們在年前便跟吳老師電郵聯繫，希望可以到老師家拜年。老師當時小恙，幾天後才回電郵，並約定在我們抵達台北後，再電話聯繫，最後決定在年初六的那天到老師家拜年。這是一次很有意思的體驗，我們沒有嘗試過在香港以外的地方拜年，還是第一次帶着兩個小孩跟吳老師見面。見面當天，台北一貫的陰冷，可是我們心裏的激動，已足禦寒。我們是下午到的，吳老師還給我們解釋了許多約在當天下午的原因。原來是當天早上，吳老師特意到了銀行提了些新鈔，可是他早知銀行在春節過後人多，排隊領新鈔需時，所以才約定了我們在下午才到。這也是小事，但可見吳老師處事的細緻和條理分明，實為後輩之楷模。在吳老師家裏，聊了兩三個小時，天南地北，無所不談，有昔日往事，有當前形勢。在跟老師彙報自己的研究情況之餘，老師詳談了他重新注解傳統經典的計劃。由博返約，並不容易，要將學術從象牙塔帶到普羅大眾，難度不少，但也正是吳老師在這一刻努力的目標。台北冬天的下午，天氣寒冷，坐久了就寒意漸生。吳老師的熱茶，喝一口便為我們提供了滿滿的熱量。看着老師侃侃而談，內子和我便彷彿回到二十年前研究院上課的日子，只是地點從中文大學馮景禧樓地面層的教室，換到吳老師的台北家中。兩個小孩聽不懂我們的對話內容，只能把吳老師家的全盒糖果都吃光了。因為當天晚上我們還有約，便在黃昏時候離開，互道珍重。想不到的是疫情往後愈益嚴重，各地封關，台港的交往也中斷了三年，於是也沒法再跟吳老師見面了。

吳老師教導我們的不單是治學的方法，最重要的是做人的道理，為人處世之道。在此（2023 年）謹祝吳老師八秩生日如意稱心，身體健康，文如泉湧，繼續走在學術發展的尖峯之上。

（原載吳宏一教授八秩壽慶籌備小組：《吳宏一教授八秩壽慶文集》，2023 年 7 月，頁 118–120）

踏出復常的第一步

每天過着的生活，久而久之，視之為常。讀萬卷書不如行萬里路，疫情以來的數年間，書不知道有讀過多少卷，但萬里路肯定更多只能是利用網路。網上世界的好處，這幾年來已經說了太多，無遠弗屆固然是事實，但親歷其境然後有許多意料之外的體會，唯有腳踏實地的旅程才能體會。

二零二二年的八月中旬，睽違兩年半，再次踏足香港國際機場，頓時心生一股熟悉而陌生的感覺。還記得上次到來，進入客運大樓還要檢查護照、航班資訊，防止閒雜人等進入機場範圍，現在這些全都撤了，不折不扣地邁進了一個新時代。不同的是，數年前的這裏是熙來攘往，人頭湧湧，現在是人煙渺渺，四顧寂寥，不免予人悲涼之感。機場的商店從來也沒有多逛，但當百分之九十的店鋪都沒有在營業的時候，那種失去了才懂得珍惜的惱人愁緒便立刻湧現出來。「民以食為天」，港式美食乃是「夷狄而進於中國則中國之」的典範，世界各地美食到了香港，便都帶有香港的特色。是好是壞，言人人殊。事實是機場的餐廳、航空公司的貴賓室都少有營業，望門興歎。找不着美食是小事，只要想到數以萬計的餐飲從業員在幾波疫情裏的顛沛流離，便不得不有「吾廬獨破受凍死亦足」的慨歎！

數月前，曾有一則笑中有淚的「笑話」：話說非洲國家剛果首都機場的航班升降架次，也比香港國際機場為多。友儕之間談及此事，初是一笑置之。但想深一層，卻是悲不自勝。號為國際大城市的香港，航班升降架次竟然不如非洲中部的機場。在熱切恭賀剛果人民之餘，香港該如何走出疫情的陰霾，實在教人費煞思量。

是次出門到馬來西亞一遊，在二零一九年曾經兩次到達。重遊的第一步不是訂機票和當地酒店，而是搶訂回來香港的檢疫酒店。這真的是顛覆了過去對出門外遊的認知。當然，我們一家都是抱着「經一事，長一智」的想法，體驗回港後的酒店檢疫也是出遊的重頭戲。「逆 / 疫來順受」、隨遇而安，一直是我們家面對種種動盪的處理方法。

走進機艙，在空中巴士 A350 的走道上，坐下，打開餐桌，一陣久違了的引擎聲。我不是交通工具迷，自然也不會看到飛機便覺得很興奮，熟悉的感覺油然而生，順藤摸瓜地打開了屏幕，續看着一齣齣近年放映的電影。現在並非疫情最為嚴峻的時候，機上已經看不見全身保護衣和護目鏡的乘客。抗疫會否讓人疲勞很難說，但抗疫多了一切便都變得理所當然，與疫共生乃是香港人的最佳寫照。

來到吉隆坡機場，按照馬來西亞當前的防疫條例，室內必需戴口罩，戶外不一定要戴。赫見一兩個出現在室內而沒有戴口罩的人，已經教人大吃一跳。回心一想，定睛一看，馬來西亞絕對是戴口罩的人遠多於不戴的，相較世界各地早已取消口罩令的地方而言，馬來西亞的戴口罩程度正好讓罩不離口已經兩年半的香港人感到舒適而放心。無論想戴口罩，抑或不想戴口罩，來到這裏總能為自己找到合適的步伐。

我不會說吉隆坡國際機場非常熱鬧，但肯定比起香港機場的死氣沉沉來得有生命力。所謂缺乏生命力的意思，指的是香港機場人蹤罕見，人丁單薄。人是一切的開端，人也沒有，抗疫便變得沒有意義了！跟兩年半前來到的吉隆坡機場相比，體驗還是有所不同，明顯是處於疫情後復甦的階段。旅客不可能在短時間裏湧入，恢復元氣不能一蹴而就，復元之路漫漫而修遠。世界各地漸漸放寬疫情下對入境人士的管控，在口罩令、限聚令等逐步取消之際，香港毫無疑問是正在褪色的國際大都會，完全跟不上後疫情時代的節奏。

互聯網是二十一世紀的偉大產物，視訊通話也是使疫情下不至跟海外失聯的重要一環。Zoom、Google Meet、Microsoft Teams、騰訊會議等，層出不窮，使用了便彷彿走在時代的尖端。線上教學與溝通無遠弗屆，自有其好處，更無庸詆毀。然而，面對面的交流更是暢所欲言，無所不談，許多意念從中迸發，這是線上交流所不能取代的。這次行程能夠與馬國友人一聚，誠為一樂也！大家談天說地，無拘無束，訴說疫情下的過去，展望後疫情的未來。如此感覺，多麼真實，卻又看似遙遠，畢竟上一次跟台灣友人共膳已是 2020 年 2 月的事情！

疫情總有一天會過去，現在已有不少報道說香港的學童在長期戴口罩下將會有社交障礙。此非危言聳聽，事情肯定會出現。到了脫罩相見的一天，仿同劫後餘生，成年人尚且需要時間適應，何況是小孩？戴口罩讓我們的眼睛逃出生天，而眼睛是靈魂之窗，五色繽紛的世界可以映入眼簾，但不要忘記人有五官，眼、耳、口、鼻、心，五者發揮不同的作用，社交距離措施有利於疫情防控，但絕對有礙人際溝通。如何踏出復常的第一步十分重要，否則香港只能更為落後於世界的大發展。

復常之路不易，循序漸進也是常識，但究竟復常的具體時間表如何，正是給特區政府的一大考驗，也是香港市民給予管治班子評分的重要參考。「千里之行，始於足下」，復常之路正在進行中，香港經濟如何走出低谷，實在教人期望！

（原載《明報月刊》附冊《明月灣區》2023 年 1 月號，頁 18–20）

熱帶裏的熱情

一場世紀疫症，改變了各種的生活形態。過去，大學生在求學期間到外地交流，跡近常態。然而，自 2019 年底起，新冠肺炎席捲全球，不同國家與地區都實施了不同程度的出入境限制。因此之故，伍宜孫書院亦暫停了各類型的海外交流學習團。今年（2023 年），隨着疫情逐漸緩和，各國大門重開，書院同學重新踏上了遊學之途，來到了馬來西亞。

出門遠遊有許多方式，可以是一人獨遊，可以是三五成行；在書院裏，可以參加「寰宇學習獎勵計劃」，也可以參加書院組織的各種遊學團。一人獨遊，無拘無束，好不寫意；疫情三年，我們或許已經習慣了獨自過日子。但在疫後復常的今天，我們理應重拾人際溝通，學習人與人之間的相處。參加遊學團，與人朝夕相處，集體行動，居然成為了我們亟需學習的重要環節。

獨特的多元文化

馬來西亞乃是一個擁有多元文化的國家，這個國家的歷史，絕對不及華人在這裏的歷史長。當然，要溯本追源，驅使我們來到了這裏的華人博物館。我們生活在香港，覺得中國人

抵達吉隆坡後的接風宴

社會的點點滴滴都平常不過，但在馬來西亞的華人卻不一樣。大量的華人在第二次鴉片戰爭後移居馬來西亞，而自十六世紀以來，馬來西亞經歷了葡萄牙、荷蘭、英國等的殖民管治，形成了這裏獨有的多元文化。在華人博物館裏，導賞員講解極為詳盡，令到我們明白華人在馬來西亞艱苦奮進的歷程。

華人特別重視下一代的教育，注重學習。傳統以來，勸學也是不少典籍的主題。例言之，《論語》全書二十篇，四百八十六章，第一章是「子曰：『學而時習之，不亦說乎？有朋自遠方來，不亦樂乎？人不知，而不慍，不亦君子乎？』」(1.1) 錢穆先生《論語新解》在「學而時習之」條下便說：「孔子一生重在教，孔子之教重在學。孔子之教人以學，重在學為人之道。本篇各章，多務本之義，乃學者之先務，故《論語》編者列之全書之首。又以本章列本篇之首，實有深義。學者循此為學，時時反驗之於己心，可以自考其學之虛實淺深，而其進不能自已矣。」便說孔子一生所重在於教人學習。捨此以外，先秦兩漢典籍有勸學篇者眾，就今所得見者，除《荀子‧勸學》外，其他如《尸子》、《呂氏春秋》、《大戴禮記》、賈誼《新書》、揚雄《法言》、王符《潛夫論》、徐幹《中論》等皆其例，在內容分類上皆屬儒家典籍，可見「學」特別為儒家文化所重視。來到馬來西亞，不能不留意這裏的教育制度。據 2020 年的數據，馬來西亞約有華人 690 萬，這與擁有 729 萬人口的香港相去不遠（約有 94% 為華人）。因此之故，比較兩地的華文教育文化，成為了此行的考察重點。

對中華文化傳統的堅持

這次的馬來西亞八天之旅，我們參觀了不同類型的學校。這些學校，包括了巴生興華獨中（獨立中學）、大同韓新學院、立肯學院，以及與麻坡地區的教師聯誼會小學校長們作深入的交流。我來過馬來西亞幾次，很能感受到華人辦學的熱情和必需。這是一個華人當自強的地方，沒有政府的賣力支持，只有無盡的民間募款。我們一行人，第一次來到巴生興華獨中偌大的校園，看到一幢幢鐫刻着善長人翁芳名的教學大樓，彷彿提醒着莘莘學子時刻要懷有感恩之心，不要忘記倡學者的苦心孤詣。我們師生一行十二人，得到蘇進存校長及其教學團隊的熱情款待，詳細介紹之餘，更參觀了學校的校史館，深深體會了該校先賢所走過的艱苦之路。在香港，教育團體時常高呼小班教學，以為減少每班學生的人數，便可以照顧學習差異，做到最大程度的因材施教。小班，對馬來西亞的獨中可說是奢望。這裏的每班學生超過五十人，如何照顧學習能力稍遜的學生呢？實在是費煞思量。

巴生興華獨中蘇進存校長發言中

行程裏有自由活動的時間，同學們可以在茨廠街、亞羅街品嚐馬來西亞各式各樣的美食，有一天的晚上，我則應約與一位獨中的華文老師在雙峯塔下的餐廳共進晚餐。這次則是微觀地了解前線教師在施教時候遇到的種種困難。我印象最深刻的是師生比例。一位華文老師負責三班的教學，每班五十人，每次收回作文功課，那便是一百五十篇需要批改的文章。天啊！有說：「前世殺咗人，今世教語文。」生死悠關，固然不當輕易言笑，但教導語文之苦，卻是如在目前。或許，有一天 AI 可以輔佐批改作文，如今則只能是人力主導。人的時間畢竟有限，每次批改一百五十篇作文絕對不是香港的語文老師能夠想像的！每一次的比較，總會省視自己所處之地的好壞，在香港老師仍在高呼小班教學（現在 31 或 32 人，將減至每班 25 人）的同時，我們也熱切希望馬來西亞的獨中老師也終有迎來小班教學的一天。

馬來西亞是除了兩岸四地以外，唯一有着完整華文教學系統的地區。從小學、中學，一直至於大專院校課程，皆有華文的身影。馬來西亞華人對於華人傳統文化的承傳，不遺餘力，奮發前進，教人動容，更是值得身處香港的我們所學習。

馬來西亞有不少專科專上院校，這次我們來到的大同韓新學院，以及是次交流團的協辦單位立肯學院便皆其例。前者主要錄取大眾傳播相關專業的學生，後者則以語言、酒店管理等作為其主修方向。疫情三年，我們缺少了人與人的接觸，這次到訪兩校，書院同學有機會與大同韓新學院的學生和畢業生深入交流，更與立肯學院的師生一起準備飯盒，派送給當地的流浪漢。文化交流團有異於一般的旅遊，我們更注重人與人的交流、團隊精神、對當地文化的認識等，感謝主辦方的安排，使書院學生皆能認識旅遊書以外的馬來西亞。

參觀大同韓新學院，與該校學生合照

派發給當地流浪漢的清真飯盒

回首往事的安邦老街

城市發展與保育，輕重難以權衡。城市發展不可避免，具有歷史意義、人文氣息的舊建築如何保留，或在多大的程度上予以保育，難以言詮。古代的吉隆坡地區產錫，而安邦乃是錫礦所在之地。可以這樣說，錫礦與吉隆坡的發展息息相關。這次我們便來到了安邦老街，與摩天大廈林立的吉隆坡 KLCC 地區完全是兩種不同的景象。安邦老街所見的是兩三層高的吊腳樓（當地稱為「高腳屋」），其中有一幢更清楚可見「1903」的數字，表明了自己已經 120 歲。此外，這裏還有許多供奉不同神明的廟宇，例如號為守鎮廟的彌陀岩、譚公爺廟、九皇爺南天宮等。每一座廟宇，背後都有許多意味深長的故事，也代表了老百姓在這裏安居樂業之餘，祈求着風調雨順、身心平安的用心。沿路為我們熱心介紹安邦老街的，是在這裏土生土長，熱愛本土社區的志工。看到保留着昔日氣息的安邦老街，我們明白到只有土生土長的人，才能為了社區的保育而無條件的全情付出。與其等待政府機構大發善心，保育社區，倒不如自發組織，自己保護自己的社區。這是安邦老街給我們的啟示。

這天的午膳，我們來到了安邦的金雞香餐館。這家餐館開業於 1896 年，主打的是白切雞、釀豆腐、墨魚餅等。食物都很美味，我更重視這裏的人情。這裏的老闆姓李，是中文系已故鄭良樹教授的好朋友。店裏有着昔日鄭老師用過的文房四寶，李先生知道我們一行來自香港中文大學，便立刻拉來椅子，坐下細談與鄭老師的友誼。後來，李先生更相贈一支鄭老師的毛筆，我自是珍而重之。團裏有三位中文系的學生，我立刻召來與李先生及鄭老師的毛筆合照一幀，以示傳承。鄭老師是蜚聲中外的漢學家，1988 年至 2002 年在中大中文系任教，我曾修讀鄭老師開設的「古籍導讀」「左傳」等科目。鄭老師也是我的碩士論文答辯委員會委員。想不到來到安邦老街，除了對城鄉之間多有體會以外，更能遇見鄭老師的故友，意料之外而又難能可貴！

金雞香老闆李先生侃侃而談

不能不到的特色建築

吉隆坡市區也有許多不可不到的特色建築。首先，我們來到了馬來西亞國家博物館。這裏有四個常設展館，讓遊客可以從史前、馬來王國、殖民地時期、今日馬來西亞等不同視角對這裏有更深入的認識。我們在這裏逗留的時間並不長，但館外有一幅圖牆，描述着馬來西亞的歷史發展，引人入勝。我們的十位同學來自不同學系，對馬來西亞歷史有着不同程度的興趣，時間有限，未能盡興，但也無阻同學們吸收難得一見的新知見聞。

有些景點，我們只能在旅遊車上快速瀏覽，例如吉隆坡火車站。吉隆坡火車站建成於 1910 年，是一個深受摩爾式建築風格影響的歷史性建築物，伊斯蘭風格的摩爾式的建築，更是世界上獨一無二的仿清真寺建築的火車站。如此的混合形式，也證成了馬來西亞的多元文化。又如蘇丹阿都沙莫大廈與獨立廣場，前者是十九世紀末英殖民時期摩爾式結合印度撒拉遜式的百年歷史建築，最標誌性的大鐘樓高四米，是根據英國大笨鐘（Big Ben）而建造的印度撒拉遜式鐘樓，更有「大馬大笨鐘」之稱號。後者（獨立廣場）坐落在蘇丹阿都沙莫大廈對面，它刻畫着馬來西亞歷史的痕跡，印畫着百年的血淚，透視着歲月的風霜，乃是每年慶祝馬來西亞國慶的地方。沒有仔細看的原因有許多，因為獨立廣場化身成為了難得一見的臨時市集。在獨立廣場的臨時市集，販賣着各式各樣的馬來西亞特產，使得同學們燃起了購物的鬥志，忘卻了大半天以來的勞累。看見如斯情景，或許有一天有醫學報告可以證明購物可以消除疲勞，那便是購物有益身心的最佳明證！

真正的購物盛事發生在中央藝術坊。這裏原是菜市場，始建於 1888 年，如今則已改建成為集馬來西亞藝術和傳統手工藝品的購物中心。來到這裏，頓時使人想起同樣名為 Central Market 的中環街市。今天的中環街市同樣不再提供菜市場的功能，也如同吉隆坡的中央藝術坊般，成為了購物與娛樂的勝地。購物使人精神飽滿，幹勁十足，來到中央藝術坊，同學們都急不及待四散購物。一小時的時間，不多也不少，我的購買慾一向不高，但見同學們最後都滿載而歸，便感無比安慰！這裏我來過幾次，特別留意到這次出現了不少馬來貘的擺設，以及馬來貘的精品或文創用品。馬來貘是馬來西亞的國寶級動物，其形態可愛，全身除耳朵末端以及中後段有着白色體毛外，其他部位皆呈黑色。小貘出生時，身體有條紋狀的保護色、棕毛，十分可愛。馬來貘在最新的世界自然保護聯盟瀕危物種紅色名錄中，其保護狀況為 EN，即瀕危物種，有待市民大眾多加保護。在馬來西亞首都吉隆坡的中央藝術坊發現了馬來貘，也是文化考察活動裏十分有意義的一項。

中央藝術坊的馬來貘擺設

吉隆坡美食處處，地道的「辣死你媽」[2]、享負盛名的巴生肉骨茶、海南傳統咖啡、結合了多元文化的娘惹菜，以及隨處可見的街頭小吃，都可以教人大快朵頤。行程裏安排大家去到茨廠街、亞羅街夜市，讓同學們可以用自己的步伐，用味覺以感受吉隆坡。此外，行程裏還有在適耕莊的蠟染、風箏製作、捕魚等，以及結合二十四節氣、書法和廣東獅鼓的二十四節令鼓體驗。這個時代的旅遊有許多的模式，遊學是希望在遊覽以外，還能多有文化的體會，從而與自身所處之地較其長短，並

2　馬來文 Nasi Lemak 的諧音，即椰漿飯。

有所感悟。以上種種，乃是我個人在參加了書院的馬來西亞文化研學之旅的一些感想。熱帶國家雖然炎熱，但熱情的人們才是這裏最值得我們珍視的元素。

（原載伍宜孫書院《The Sunny Post》2023 年 7 月號，第 43 期，頁 22–24）

文化思辨

孝與慈的互動

年青學子面對着許多的問題，家庭是否和諧每多包括在內。中國文化裏有着十分重要的孝文化，更有著名的二十四孝故事。孝是甚麼呢？古代每多是伴隨着忠而來，所謂在家能孝，在國能忠。為甚麼皇帝都那麼喜歡孝子，漢代甚至乎有察孝廉的人才提拔方式，那是因為能孝的人，幾乎都是忠君愛國的，且又易於控制。《論語．學而》援引了有若所言：「其為人也孝弟，而好犯上者，鮮矣；不好犯上，而好作亂者，未之有也。君子務本，本立而道生。孝弟也者，其為仁之本與！」說得多麼動聽，能夠孝順的人，都不會以下犯上，安守本分；不會以下犯上，更枉論作亂為害了。朝廷重用了這些孝子，不就是為了國家長治久安作出了無盡的貢獻嗎！

父慈與子孝

孝文化、二十四孝故事，強調都是子女如何克盡孝道。我們都聽過「父慈子孝」四字，這個詞語較諸孝順更進一步，表示所有關係都是雙向的。父有慈愛，子女才會孝順；父不慈愛呢？這裏沒有說明。有說，天下無不是之父母；又有說，儒家文化如何適切現代社會？如果我們要使傳統文化內涵仍在今天可行，過去如何便非第一等要事，而今人何以用之才是重點。

今天，人類積極消除各種的不公平，追求着永無止境而又持續迸發的進步。父母與子女之間，再非父母要求子女盡孝便可，而是雙向的互動關係。

父慈是子孝的第一步。在詞彙的結構裏，「父慈」與「子孝」乃是並列關係。這種詞彙由兩個意思相關、相近或相反的詞所組成，兩者不分主次，地位一致，而且詞性通常都相同。如此，則「父慈」與「子孝」可謂不分先後，兩者並重。再看《禮記·禮運》的記載，這是「父慈子孝」的典出。其曰：「何謂人義？父慈，子孝，兄良，弟悌，夫義，婦聽，長惠，幼順，君仁，臣忠。」這裏列出了十項，其中「父慈」居首，且在「子孝」之前，其重要性可見一斑。

孔子倡孝道亦非單方面的付出

細看《論》《孟》之書，父親出現的篇章並不多。正當我們都說古代中國傳統乃是父權社會的時候，能夠如何當個好爸的描述卻是如此罕見，實在並不尋常。另一方面，世上只有媽媽好，可是怎樣能夠當個好媽媽，或許也只能參考始撰於西漢劉向的《列女傳》。事實上，即使是在君權至極的情況下，唐代既有唐太宗下令「人鏡」魏徵編撰，以供自己參考如何管治國家的《羣書治要》；教育太子，更因而生出了一部教人如何當個好皇帝的《帝範》。或說，當好爸好媽乃是經驗科學，重在實踐，不必看書，但即使我們不去追尋專書，意欲訪尋古代好爸爸片段的描述，依然是芳踪杳然。

楊國樞說：「在傳統的家庭倫理中，就親子關係而言，雖然常常『子孝』與『父慈』並論，但對後者的重視程度，卻遠不如前者，對後者的分析討論，也遠少於前者，因而形成一種不對稱現象，予人以『重孝輕慈』的印象。」（見《孝道與孝行研討會論文集》）說的就是普遍的現象，父慈確實在傳統文獻裏沒有太多的反映。先秦的孔孟何其偉大，我們但知孔子母親顏徵在，以及孟母教子之重，至若孔父與孟父，似乎都在孔孟的成長過程裏缺席。《史記》但云「丘生而叔梁紇死」，孟子的生平事迹更幾乎不見孟父的踪影。幸好後世有心之人「愛子及父」，今天我們到山東濟寧孟廟時才能得見孟父的神牌。

二十四孝的故事多有與孔門弟子相關，其中嚙指痛心的主角是曾參及其母親。曾參在孔門裏以孝著稱，但其孝實有愚不可及之處，孔子嘗深責之，而曾參與父親曾晳的互動，實在值得我們關注。在曾子耘瓜的故事裏，我們看到作為父親的曾晳不問情由，直接擊暈曾參，而曾參不但沒有逃跑，更彈琴以示自己身體健康。如此愚孝，其風不可長，孔子深以為非。不愚孝，這裏我們可見孔子主張父慈與子孝乃是對等的關係。父親暴怒，兒子便當避走，孝乃在慈的情況下才出現。父親不慈，而兒子孝之，便是愚孝了。

《中國古代二十四孝全圖》（嚙指痛心）

《論語》有些章節歧解眾多，其中一章是「父為子隱」章：

> 葉公語孔子曰：「吾黨有直躬者，其父攘羊，而子證之。」孔子曰：「吾黨之直者異於是：父為子隱，子為父隱——直在其中矣。」——《論語‧子路》第十八章

甚麼是坦白直率呢？孔子和葉公有不同的看法。葉公指出他心目中的坦白直率是父親偷羊的話，兒子便會出來頂證。孔子對此持不同意見。孔子以為坦白直率應該是父親為兒子隱瞞，兒子也會為父親隱瞞。孔子的想法是否合法，我們暫且不

論，但這裏所見父子關係是相互的，是平等的，卻屬古籍裏所罕見。

仁是人與人的互動

中國古代的孝文化，構成了傳統文化重要的一環，但這是否孔門的核心思想呢？看來不是，「仁」才是孔子思想的核心部分。一部《論語》之中，「仁」出現了 109 次（《論語逐字索引》）。「仁」的重要性，當然不是由於出現次數之多。畢竟整部《論語》15935 字，出現頻率最高的是「子」字（972）和「曰」字（758）。

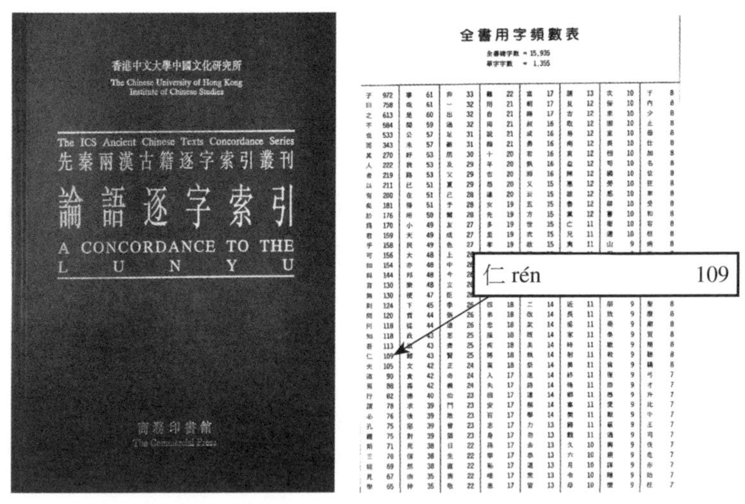

「仁」是人與人之間的關係，所以是从亻从二，這裏的關係是雙向的。馮友蘭《中國哲學史》第四章「孔子及儒家之初起」

云：「《論語》中言仁處甚多，總而言之，仁者，即人之性情之真的及合禮的流露，而即本同情心以推己及人者也。」其實歷代學者對「仁」的解釋甚多，今只採錄其一，未免以偏概全。但是，「仁」是甚麼，諸家解說，也是萬變不離其宗的。有若以為孝悌是仁的根本，這個解說值得斟酌，此處的「孝」是父慈子孝，「悌」是兄友弟恭，因此孝和悌便各自表達了雙向的意義，而這裏的「孝」和「悌」合而言之便是「仁」。那麼，「仁」是人與人之間的關係，這種情況便不言而喻了。

人與人的關係是互動的，父慈才有子孝。而且，父母是成年人，子女是小孩，孝與慈必然是慈先於孝，不可能是先孝才有慈。因此，為人父母者，如沒有對子女的慈愛，那便不要期望子女能夠盡孝。家庭和諧絕對是家庭成員之間的互動，不能要求只有單方面的付出。

（原載「灼見名家」網站，2023 年 6 月 3 日）

耐讀的範文

說起範文，總得使人士氣為之一沉，提不起勁。香港教育局近年來最有建樹的一件事，必然是在高中中國語文科裏重設十二篇文言文範文，使得莘莘學子重新有機會涵泳在優秀的古代文化之中。範文重推之初，議論不輟，然而誦讀優良作品，必定是功在後世之事，為大事者目光不能短淺，此為一例。

範文的威力

「範文」二字一出，頓時使人鴉雀無聲，威力無比，可見一斑。如何擺脫範文予人的固有印象，並非易事，唯有心人可為之。其實，每個時代都有着該時代的範文，有了範文，便像有了共同語一樣，談笑之間，範文可以無處不在。熟讀範文，也可使我們稍有學養。

從前，在一段非常漫長的時間裏，課程都不甚改革，讀的都是一樣的範文，那是經書。五經、七經、九經、十一經、十三經，共同讀物愈來愈多，莘莘學子愈來愈艱苦。東漢許慎號為「五經無雙」，大概是範文天王；清人顧炎武可以背誦《十三經注疏》，更是範文界的第一等高手。這個從漢代開始，一直到晚清才告結束的課程，歷時之長，相當嚇人。不學《詩》，無以言；不學《禮》，無以立。為何孔子會有這樣的教誨呢？因為《詩》和《禮》是當時有識之士的共同語言，不懂得共同語言，實在是難以溝通，無法在社會裏立足。

無論讀書時代成績怎麼樣，範文總是能夠深入民心。我們都知道，山東人是「厚重裏有瀟灑，在純樸裏有靈秀，在平凡裏有器用」(〈我看大明湖〉)；「醉翁之意不在酒，在乎山水之間也」(〈醉翁亭記〉)；「也許你真是哭得太累　也許，也許你要睡一睡」(〈也許〉)；「我揮一揮衣袖，不帶走一片雲彩」(〈再別康橋〉)；做錯事，勇於認錯，「負荊請罪」(〈廉頗藺相如列傳〉)；「苟全性命於亂世，不求聞達於諸侯」(〈出師表〉)；天下形勢或開或合，「六國破滅，非兵不利，戰不善，弊在賂秦。賂秦而力虧，破滅之道也」(〈六國論〉)；勢利的胡屠戶，可憐的范進(〈范進中舉〉)。就算不在範文之列，這些篇章都是經典，我們不必每人都研究文學，可是這些篇章裏面的人和事，大眾都有一定的認識。很多時候，人們都會在說甚麼時代的流行歌曲、電視劇，更多時候我們是忘記了還有一樣事情是深入民心的，那便是陪伴我們熬過了多少個黑夜的高中中國語文範文。當然，說出這些範文的篇目，也就代表了是某一個時代的人，讀過某些經典的篇章，出賣了個人的年齡祕密。

茅坤曰兩人為一傳中復附趙奢已而復綴以李牧為四人傳須詳太史公次四人線索絕知趙之兵亡矣張之象曰不書邑里世系而直以趙之良將称之亦一例也王維楨曰廉藺同傳而廉尚勇有戰功藺多智有口辨卒併係趙兩人者相資也

史記評林卷之八十一　吳興淩稚隆輯校

廉頗藺相如列傳第二十一

叙頗　廉頗者趙之良將也趙惠文王十六年廉頗為趙將伐齊大破之取晉陽索隱曰陽晉衛地後屬齊今趙取之司馬彪郡國志曰今衛國陽晉城是也有本作晉陽非也晉陽在太原雖亦趙地非齊所取也○正義曰按晉陽故城在今曹州乘氏縣西北四十七里也拜為上卿以勇氣聞於諸侯。

叙相如　藺相如者趙人也為趙宦者令繆賢舍人為後相如可使眼目趙惠文王時得楚和氏璧秦昭王聞之使人遺趙王書願插入頗以十五城請易璧趙王與大將軍廉頗諸大臣謀欲予秦秦城恐不可得徒見欺欲勿予即患秦兵

史記卷八十一　廉頗藺相如列傳

《史記評林》書影

「無雙」系列發展成話劇

清代初年有一部名為《無雙譜》的浙派版畫，挑選了 40 位漢至宋代，其人物事跡舉世無雙的名人，繪成繡像並題詩文。日本的遊戲公司在 2000 年起，開發了一系列的「真．

三國無双」砍殺類型電子遊戲，風靡一時。然後，該公司一直致力發展其他系列的「無双」[1] 遊戲，「無双」彷彿成為了潮流。

感謝出品人暨文學指導林溢欣的邀請，早前在香港藝術中心壽臣劇場欣賞了一齣名為《戰將無雙》的話劇。坐在觀眾席的第一排，近距離接觸，歷史事件如在目前。演員做得好不好不是我能力所能探討的範圍，我只談論些其他的事情。

話劇《戰將無雙》

「戰將」說的是兩位戰國時期趙國的將軍，無分軒輊，而又真正「無雙」的廉頗和藺相如，故事大綱便是司馬遷《史記・廉頗藺相如列傳》。此篇正是 2015–16 年度香港高中中國語文科重新設置的 12 篇範文之一，而且，更是 1980 年版、1993

1　日文。

年版的範文。簡言之，《史記‧廉頗藺相如列傳》一直陪伴着港人成長，橫跨四十多年的年齡層，在香港接受高中中國語文教育的人皆嘗細讀廉頗與藺相如的故事。

有資格成為範文的篇章，肯定歷經千錘百煉。利用不同形式呈現範文，目的自必是表明範文的經典意義，並不受時空所限制。《戰將無雙》便是以 DSE 範文為本的話劇，於是「完璧歸趙」「澠池之會」「負荊請罪」這三個故事便以嶄新的方式呈現在觀眾眼前。

跨時空的敘事手法

我們透過文字認識廉頗、藺相如，但話劇不可能平鋪直敘地述說故事。「完璧歸趙」「澠池之會」「負荊請罪」三事之間，司馬遷在敘寫之時張弛有度，在「完璧歸趙」與「澠池之會」之間，有一句「其後秦伐趙，拔石城。明年，復攻趙，殺二萬人」。如此的間距，話劇裏沒有交代，反而安排了說書人用現代人的說書形式將三件事重新勾連，可謂妙筆生花。

「完璧歸趙」彰顯了藺相如之智勇，「澠池之會」的成功乃因廉頗主內而藺相如主外，內外夾擊，使趙國取得勝利。「澠池之會」同時亦深化了後文關於秦國所以畏懼趙國，主因是廉頗、藺相如二人皆在，而「負荊請罪」彰顯了廉頗勇於承擔錯誤的自省能力，最後更向藺相如認錯。廉頗、藺相如性格鮮明，司馬遷精彩的描寫，已為話劇編排者省下了不少塑造人物形象的功夫。

說書人也像是觀眾，或者，說書人根本就是觀眾。因此，說書人提出了與觀眾相同的疑問，而廉頗、藺相如因此之故可以跨代作答。作為觀眾，也可以借助說書人的口提出了相同的問題，深化了對歷史的認知。

跨時代的還有服裝。古代的經典，以時裝呈現，似乎在告訴觀眾，二千多年前的《史記》到了今天仍然可以有其生命力。而且，《史記・廉頗藺相如列傳》裏滿載對話，乃是 12 篇範文裏最適合用作話劇方式呈現的一篇，只是文言文改為口語形式出於演員的口中而已，這也是劇目成功的重要因素。

「賢」非「賢德」之意

在《史記・廉頗藺相如列傳》原文裏，有這樣的一句說話：「相如既歸，趙王以為賢大夫使不辱於諸侯，拜相如為上大夫。」在《戰將無雙》話劇裏，演員口裏說出「趙王以為藺相如勝過其他大夫，因此升相如為上大夫」。細聽此語，其他觀眾或許沒有甚麼感覺，我的感覺卻歷久常新。

這裏的「賢」，並非賢能、賢德之意，而是用作動詞，乃勝過、超過的意思。為甚麼對於這個詞語特別有感覺呢？那便要回到二十多年前在本系修讀《史記》科的一刻了。當時，業師何志華教授乃此科的任課老師，廉頗與藺相如的故事仍然是選篇之一，何老師在課上批評了坊間的《史記》譯注、中學教科書等，大多以為「賢」是賢能賢德之意，並不正確。其實早在這門課以前，何老師已經寫了一篇題為〈香港中學中國語文科古文註釋商榷〉(《中國語文通訊》第 13 期,1991 年 3 月,頁 29–30)的論文,析述了「賢大夫」的正解。

人們經常批評大學學者生活在象牙塔裏,不過,塔裏其實也可以影響塔外,固若金湯的象牙也就漸漸分解。何老師關於「賢大夫」的解釋,在教育局的教師培訓課程上,有學者用以向一眾學員講授,這些教師如有專心上課,未來可以影響更多的學生。在《戰將無雙》話劇裏,觀眾有話劇愛好者,有追星的年青人,有即將應考 DSE 文憑試的莘莘學子,「賢大夫」的正解出諸演員口中,無疑代表了塔裏的成果影響到塔外。

近年來,評鑒大學裏每一個學系的教研成績,多了一個項目名為「社會效益」(social impact)。孔子周遊列國十四年,六十八歲回到魯國後不再出仕,改為整理教材,專心教學,發揮更大的社會影響力,功在後世。「賢」字雖小,但可以在不同渠道影響後世,不就是中文系的社會效益嗎?想深一層,看着《戰將無雙》這齣 DSE 範文話劇,排除萬難在香港藝術中心公演,受眾更廣,社會效益更彰,不啻為一樁美事。

(原載「灼見名家」網站,2022 年 10 月 24 日)

從範文裏認識香港——重讀西西〈店舖〉

今天（2022 年 12 月 18 日）上午在臉書裏看到了香港作家西西離世的消息，感覺上隨西西而去的是一個時代，是一個透過偉大作家筆下可以感受香港的時代。更為感歎的，是香港從此沒有了這位敢於嘗試，不斷在寫作風格與題材上挑戰自己的香港作家。幸好，西西留下了大量關於香港的作品，要建構一個西西香港學並不困難。

香港的範文，還是範文與香港？

香港是一個奇怪的地方，經歷了英國殖民管治一百五十多年，然後在一九九七年回歸中國，至今又過了二十多年，但我們的中國語文科，似乎一直對於香港的關注並不足夠。

高中時代，我讀的是 1993 年至 2006 年的那個範文範圍。此中有 26 組範文，更準確地說，其中包括了新詩三首、古詩兩首、詞四首。析言之，所謂 26 組，其實包括了 32 篇文學作品。在這 32 篇文學作品裏，古典文學有 18 篇，現代文學佔了 14 篇。古典文學作品能夠涉及香港的可能性甚低，教育局也沒有選用晚清黃遵憲的〈香港感懷十首〉，至於唐代韓愈〈贈別元十八協律〉、劉禹錫〈踏潮歌〉裏的「屯門」，真偽難辨，暫且不論。

古典選文沒有「香港」，那便留給現代文學的選文吧。課程範文的現代文學作家，包括了葉紹鈞、李廣田、梁啟超、白先勇、聞一多、徐志摩、黃國彬、梁容若、黃蒙田、左民安、王力、魯迅，以及西西。這裏十三位作家，魯迅雖然曾經三次來到香港，但我們大抵也不會將他納入為香港作家。黃國彬〈聽陳蕾士的琴箏〉寫的是陳蕾士在香港中文大學崇基學院音樂數據室的琴箏之聲，黃氏寫作之時雖在香港，但全篇旨在狀寫琴聲，與「香港」的關係也並不密切。

唯有西西的〈店鋪〉(原名:〈有趣的店〉)，是整個高中中國語文課程裏與香港關係最為密切的一篇。誠然，相較於1971至1979，以及1980–1992兩套高中中國語文課程範文而言，有了西西〈店鋪〉一篇作為與香港相關作品的代表，已經是進步的表現。2007年中文科考試取消範文，至2015年修訂高中中國語文課程重設文言文範文12篇。稱得上文言文，便知只有古典文學，沒有現代文學的選文，如此則課程裏又回歸為沒有關注香港的任何一篇。這是香港高中應考範文的怪現象。

走過的香港街道

〈店鋪〉作為1993年至2006年的範文，這篇文章其實寫在1975年11月，原載《大拇指周報》。篇裏反映的自是上世

專題　第一版　　大拇指周報　　一九七五年十一月十四日

本期要目

大家寫考試

電影：柏索里尼

文藝：人物素描

音樂：不能錯過的邦妮

藝叢：動物園

大拇指周報

・大拇指周報　・逢星期五出版　・每期出紙兩張半　・每份港幣五角　・編輯：大拇指編輯委員會

・地址：九龍彌敦道760號十一樓5號　・電話：3-815730　・印刷：田風印刷廠　鰂魚涌船塢里華厦工業大厦十四樓D

第四期

有趣的店

那些古老而有趣的店舖，充滿傳奇的色彩，我們決定去看看它們。我們步過那些寬闊的玻璃窗櫥，裡面有光線柔和調協的照明，以及季節使它們不斷變更的陳設。然後，我們轉入曲折的小巷，在陌生但感覺親切的騎樓底下到處看。

偏僻的小街上，電車的鈴聲遠了。我們聽見壳落壳落的木頭車搖過。街道的角落，隨意放着層疊的空籮及廢棄的紙盒。牆邊靠着擔挑和籮。偶然有一輛人力車泊在行人道上打盹。在這些街道上，肩上搭着布條的苦力正蹲着進食，穿闊裙的婦人在捲煙。果攤上撐着雨傘，一名和尚提着一束白菜走過。

街道是狹窄的，道路烏黑且潮濕。道旁的建築物顯示出年代的風霜。在樓板和泥牆之間，古老的傳統在逐漸消失。是電梯的發明，使這些屋子提早老去。

許多店

我們看見許多店，沒有一間相同。它們共同生存在一條街上，成爲一種秩序。許多類型相似的店喜歡聚居在一起，彷彿它們本來就是同鄉。但有些店有不同的鄰居，它們顯然已經結識了不少籍貫相異的朋友。

籐器店

有一列店除了神秘，就是一道道長條的門縫，看得見裡面擺着鑲雲石的酸枝扶手靠背椅。牆上懸着對聯和畫屏，花梨木的几上擺着瓶花。窗框上的花飾，是當年流行的新藝術圖案，轉瞬間却又是一個世紀了。

那邊的一間籐器店是開朗的，它正如花朵般展放着無數籐器。門前放着木箱和竹籮，店的另一邊倚着小矮椅，竹掃帚，門沿上掛着燈蓋也似的籃。我們都喜歡這店，它不但富於店的奇異風采，還令我們想起，這些籐和籃、竹器和籐器，都是用手逐個編織而成的，它們本來就是一種美麗的民間藝術。

我們一面看店的外貌，一面追究它們的內容。藥材舖裡有極多的抽屜和矮而肥胖的瓶。瓶上的名字如果編排起來，就像一部古典的簡册了。一間玻璃鏡業店，除了鏡子、藥箱、魚缸外，還陳列着點金的彩釉彌陀佛和福祿壽三星。檀香舖子裡有金銀箔紙，朱漆的木魚和雕刻的垂着流蘇的珠串。而茶葉舖，裡面有細緻精巧的陶壺。

閉上眼睛

我們說，如果閉上眼睛，也能夠分辨店舖的性質。整條街的氣味幾乎是混合在一起的，但走到適當的距離時，就可以辨別出那一間店是那一類了。臘鴨店是油油的。南北杏，甜百合是香草味的。檀香反而像藥。麵粉有水餃的氣味。酒、紫菜、地拖、書本、肥皂，都有自己特別的氣味。甚至玻璃，也好像使我們想起海灘。

我們不但喜歡這些店的形態和顏色，還喜歡店內容器的模樣。像那些酒罈，用竹篾搖着，封了口，糊着封條。忽然想起水滸人物來了。先來四兩白乾嗎。那些麵粉袋，上面印着枝葉茂盛的樹和菜蔬，可以縫一件簡單的布衫哩。

鳥舖

有時，我們仰望店舖的上層，有一間古董店在二樓上排着一列白瓷花瓶，還有西藏青的獅子。店舖的樓上，朝上數，數幾層就是屋頂，旗桿和年號告訴我們樓宇的歷史。有些牆剝落了，透出內層上的紅磚，却變作曬乾了的橘子皮色。一座經已拆卸的樓房，現在正以木條支撐着。大片的草蓆，圍着工作閘的高欄。裡面有起重機的鐵鍊和輪軸在轉動。還不曾開始打樁的空地上，低陷的泥洞裏長滿了荒蕪的牛尾草。

中藥店

小攤檔

有些店舖是開設在簡陋搭就的木棚裏，屋頂是石棉瓦和鋅鐵，或者，僅僅是一個小攤檔。但這並不等於它們就缺乏性格。譬如鳥舖子，屋簷上掛滿了鳥籠，像花燈。當我們經過，不但觸及形狀和顏色，還聽見聲音。是吱喳的鳥鳴伴我們橫過馬路。

又有一個小攤上插着雞毛帚，長條子的羽毛，綠着籐枝總紮，就製成雞毛帚了。它們的顏色和菊一般多。縫旗的舖子是隱藏在一條小巷的入口，從拱門外朝內張望，瞥見一角角翠綠與朱紅。刻圖章的老先生還會做餅模，他就把它們掛起來。木模裡凹蝕着魚和蝴蝶。這種製餅的藝術，也許要隨着麵包的泛濫而被淹沒了吧。

雞毛帚舖子

店都有自己的名字，它們彷彿也有一位就像我們那樣的祖父，當年爲了子孫的誕生，曾忙於把典籍細細搜索。賣參茸杞子的叫某某堂，賣豆賣米的店叫行。有的店叫記，有的叫捉蛇二。那樸素。

當大街上林立着公司和超級市場，我們會從巨大玻璃的反映中看見一些古老而有趣，充滿民族色彩的店舖在逐漸消隱了。那麼多的店：涼茶舖、雜貨店、理髮店、茶樓、舊書攤、棺材店、彈棉花的舖莊、切麵條的小食館，賣燒鵝子，每一間店都是一個故事。這些店，祇要細心去看，可以消磨許多個愉快的下午。如果有時間，我們希望能夠到每一條橫街去逛，就看每一間店，店內的每一個角落及角落裡的每隻小碗，甚至碗上的一層灰塵，好留作紀念。

大拇指記者

餅模刻印

玻璃鏡業

〈店鋪〉原名〈有趣的店〉（書影轉載自 1994 年版香港教育圖書公司《中國語文》第十冊）

紀七十年代中期的香港。不少文學作品故作高深，並以艱深文淺意。西西作品找不着這種情況。〈店舖〉裏寫的就是舊日香港所習見的街景，也令讀者想起久違了的「逛街」二字。每一間店舖都不一樣，西西說：「我們看見許多店，沒有一間相同，它們共同生存在一條街上，成為一種秩序。」「我們一面看店的外貌，一面追究它們的內容。」如此迥異的每一間店舖，才使遊人燃起逛街的熱情。今天，走在大型的商場裏，看到的是千篇一律的店舖，大型連鎖服裝店、餐廳食肆、百貨公司、超級市場，在商場裏不能使人辨明這裏是銅鑼灣、旺角、九龍塘、沙田。作為有遠見的本地作家，西西早有這樣的預想：「當大街上林立着百貨公司和超級市場，我們會從巨大的玻璃的反映中看見一些古老而有趣、充滿民族色彩的店舖在逐漸消隱。」西西筆下的店舖，藥材舖、玻璃鏡業店、檀香舖子、茶葉舖，每一間都有它的特色，各有不同，也就形成了店舖的特色。這是百貨公司和超級市場力不能及的。

打開一些旅遊網站，推介了一些特色街道給訪港遊客。旅發局真的要閱讀西西的文章，將文學作品和周邊產業好好結合，在後疫情時代認真細緻地說好香港故事。網站所見，特色街道包括旺角波鞋街、油麻地廟街、旺角女人街、上環摩羅街、上環海味街等，有些純粹購物，暫且不論，就是上環海味街，描述每每失之過簡，且看西西的描刻：「我們說，如果閉上眼睛，也能夠分辨店舖的性質。整條街的氣味幾乎是混合在一起的，但走到適當的距離時，就可以分辨出那一間店是哪一類了。」接下來，西西細寫了每一種氣味：「臘鴨店是油油的。南北杏、甜百合是香草味的。檀香反而像藥。麪粉有水餃的氣味。酒、紫菜、地拖、書本、肥皂，都有自己特別的氣味。甚至玻璃，也好像使我們想起海灘。」可見臘鴨店，以至其他各種物品，如南北杏、甜百合、檀香、麪粉、酒、紫菜、地拖、書本、肥皂、玻璃，都有自己特別的氣味。

全篇文章狀寫了各式各樣的有趣的店，例如藤器店、藥材舖、玻璃鏡業店、檀香舖子、茶葉舖、切麪條的小食館、豆漿舖子、臘鴨店、古董店、鳥舖子、縫旗的舖子、刻圖章的老先生、賣參茸杞子的、賣豆賣米的、涼茶舖、雜貨店、理髮店、茶樓、舊書攤、棺材店、彈綿花的繡莊，琳瑯滿目，讓讀者翱翔在紙面上的舊街道，尤其是生活在千禧後的新世代。

何福仁說：「散文裏最重要的人物——如果有人物，就是那個表述的『我』。這個『我』，也許根本不出場，但一椅一桌，莫不通過我的觀察，我的選材，用我的聲音表述。」（〈散文裏一種朋友的語調〉，載《羊吃草．西西集》）舊街道、舊建築、舊店舖，只要是經歷過滄桑歲月的地方都必然會有。沒有作家深入細膩的描繪，街道、建築、店舖都是冷冰冰的。西西筆下的一事一物，正是在作家細緻觀察後的有機提煉的成果。

店舖的裝潢與設計

有趣的店不單是店舖所販賣的東西，還包括了店裏的一切。例如有些店陰暗而神祕，可以看到裏面有着「鑲雲石的酸枝扶手靠背椅」，也有對聯和畫屏，窗框的花飾，合而成之的懷舊感。

西西筆下寫的都是死物，沒有店員，也沒有顧客，沒有叫賣聲，也沒有車水馬龍的人羣，但文章裏表現出來的就是生命力。藥材舖的抽屜和瓶，如果將名字編排起來，便成了古典的簡冊。玻璃鏡業店裏陳列着的彩釉彌陀佛和福祿壽三星，讓讀者看到了店主的信仰和喜好。有趣的店坐落在甚麼地方呢？西西指出，「店舖的樓上，朝上數，數幾層就是屋頂，旗桿和年號告訴我們樓宇的歷史」。只有幾層，結合全篇所寫，肯定是香港島中西區的唐樓了。在上世紀六十年代的唐樓售樓書上，寫上唐樓的特色乃是「樓高六層，一梯兩伙。門戶獨立，四面單邊」，西西說的無疑也就是這種樓宇了。有些唐樓更會寫上建築的年份，循名責實，莫過於此。

寫氣味，也寫了顏色，都是店舖的外延。西西說，每一間店舖都有自己獨特的氣味。字裏行間也告訴了讀者許多的顏色。「我們不但喜歡這些店的形態和顏色，還喜歡店內容器的模樣。」舊樓的外牆剝落了，「透出內層的紅磚，都變作曬乾了的橘子皮色」，這裏有紅色、橘色。雞毛帚呢，「它們的顏色和菊一般多」。小巷的入口處，「瞥見一角角翠綠與朱紅」。顏色是如此的豐富，也教讀者彌補了沒有親歷其境的遺憾。聲音也要抓緊，不可輕易放過，西西說：「當我們經過，不但看見形狀和顏色，還聽見聲音。是吱喳的鳥鳴伴我們橫過馬路。」香港市區習見的有樹麻雀、珠頸斑鳩、原鴿、紅耳鵯等，不知西西聽到的是哪一種聲音？或許，天籟人籟並奏，才是這個充滿生命力的香港的寫照。

萬物自有生命，只消喚醒它們的靈魂

西西沒有告訴我們這些有趣的店在哪裏。不過，細察其所述，當在香港島中上環一帶。中西區有不少橫街窄巷，特色街道、老店多可見。例如德輔道西、永樂街、文咸西街三條街道一帶，便是海味街，專門售賣參茸海味。西西筆下的藤器店，或稱山貨店，在堅尼地城吉席街、上環水坑口街仍可覓得芳踪。個別的鳥舖尚餘無幾，在灣仔大王東街的以外，可能要到旺角園圃街的雀鳥花園才可窺一二。當然，今天有的寵物店兼賣雀鳥，或者以鳥類作主打而兼售其他寵物。中藥店呢，現在未必是百子櫃的模樣，藥房成為了中藥店的變奏，更多是兼售各式各樣的日常用品。每一種店，只要仔細觀察，皆可寫出自己筆下的店舖。香港旅遊當局如果有足夠的文化水平，參考西西筆下的香港，其實也可以組成一條香港旅遊文學的路線。

〈店舖〉之末，西西引用了哥倫比亞小說家加西亞馬爾克斯（Garcia Marquez）在《百年孤寂》裏的說話：「萬物自有生命，只消喚醒它們的靈魂。」加西亞馬爾克斯於 1982 年獲得諾貝爾文學獎，而《百年孤寂》初次出版於 1967 年。西西〈店舖〉（原名：〈有趣的店〉）最早載錄於 1975 年 11 月 14 日出版的《大拇指周報》，當時文末並沒有引用加西亞馬爾克斯此語。到了 1982 年 2 月出版的《交河》收錄此文時，篇名已經改為

《交河》與《花木欄》，二書皆收錄了〈店舖〉

〈店舖〉，但結尾仍無「萬物自有生命，只消喚醒它們的靈魂」。加西亞馬爾克斯在 1982 年年底獲得諾貝爾文學獎，西西在 1990 年 1 月出版的《花木欄》，復載錄〈店舖〉一文，並於此版文末加載：「正如一位拉丁美洲的小說家這樣說過：萬物自有生命，只消喚醒它們的靈魂。」西西一向鍾愛拉美作家，此舉無疑是向加西亞馬爾克斯致敬。

萬物自有生命，要喚醒不單是這些有趣的店的靈魂，我們生活在香港，修讀中國語文科，也應該喚醒更多在描刻香港的香港文學作品，使之成為範文經典，以不愧對前人作家數輩以來狀寫香港的努力！

（原載「灼見名家」網站，2022 年 12 月 21 日）

不老的明月

宋神宗熙寧九年（1076），當年的干支是丙辰，在農曆八月十五日，有一位與弟弟九年未嘗見面的兄長，寫下了一首傳誦千古的詞作。他是蘇軾，寫的是〈水調歌頭〉。在中秋佳節團圓之際，此詞特受歡迎。

以月起興的兄弟情

儒家五倫，兄弟為其一，兄友弟恭，自是美好。蘇軾是位好哥哥，一直對弟弟蘇轍照顧有加。蘇軾、蘇轍，二人與父親蘇洵，合稱眉山三蘇，俱次唐宋古文八大家之列。蘇洵於宋英宗治平三年（1066）逝世，當時蘇軾 29 歲，弟弟蘇轍小三歲。當然，不必等到父親蘇洵辭世，兄弟二人一直感情深厚。《宋史》雖以蕪雜見稱，但其載錄蘇氏兄弟之情，卻是言必有中，其云：「轍與兄進退出處，無不相同，患難之中，友愛彌篤，無少怨尤，近古罕見。」指出蘇轍與兄長的出處進退全然相同，二人在患難之時更見兄弟友愛情深，沒有怨恨責怪，乃近世以來所罕見。耳熟能詳的〈和子由澠池懷舊〉，乃是蘇軾寫給弟弟蘇轍的一首詩，說的便是一種無常之感。

明崔子忠畫蘇軾留帶圖軸（局部）（台灣故宮博物院 open data 專區）

手足情深，真是蘇軾、蘇轍兄弟的最佳寫照。蘇軾嘗言蘇轍乃「豈獨為吾弟，要是賢友生」(〈初別子由〉)，清楚表明蘇轍不僅是自己的弟弟，更是最好的朋友。蘇轍在兄長歿後，親撰了〈東坡先生墓誌銘〉，銘中有云：「撫我則兄，誨我則師。」指出除了是兄長以外，哥哥蘇軾更是自己的老師。如此兄弟之情，世間難求。中秋佳節，本應是人月團圓，〈水調歌頭〉的小序如此說：「丙辰中秋，歡飲達旦，大醉，作此篇，兼懷子由。」

在此良辰佳節，喝得酩酊大醉，由極喜而至極悲。蘇軾想到的並不是妻兒，而是弟弟蘇轍。月亮的陰晴圓缺，在詞人眼中，頓時成為人世間的悲歡離合。與蘇轍分居兩地，成為了蘇軾在中秋佳節的遺憾。

感月抒情，因人而異。中秋團圓喜樂之情，月亮既圓，可是弟弟蘇轍不在身邊，因月圓而生月缺之感慨，悲從中來，不可斷絕。月到中秋份外圓，其實每個月的滿月，月亮都是一樣的圓，中秋節月亮的圓，全仗我們的想像。月餅是中秋節的應節食品，雖非本已有之，但蘇軾也曾提及，其詩〈留別廉守〉云：「小餅如嚼月，中有酥和飴。」雖無「月餅」之名，但有月餅之實。月餅與月亮相關，中秋節又特別重視團圓，則月餅當為圓形，本無可疑。今天月餅時作方形，或許出於便利存放，卻似乎稍欠團圓之意蘊。

都是〈水調歌頭〉

有些詩文，只要是中國人，無論教育程度有多高，或者能否全篇背誦，信手拈來，總能熟讀其中幾句。蘇軾〈水調歌頭〉便是這樣的作品。蘇軾寫下不少千古名篇，膾炙人口的也不在少數，如能進入教育當局的範文之列，便能流傳更廣。有時候，我們只將範文視為應考的材料，此本無誤，但卻忽略了背後更重要的文化意涵。一個地方，一個國家，一個民族，這裏的人從小到大讀了些甚麼文學作品，足以構成此處的獨特文化。《論語》裏說「不學詩，無以言」「不學禮，無以立」，究竟詩與禮有甚麼魔力，不學習便不能與人溝通，不能立身處世？詩與禮，其實都是當世士子言行舉止的規範。每逢中秋佳節，我們便都說出幾句〈水調歌頭〉的佳句，如「明月幾時有，把酒問青天」「不知天上宮闕，今夕是何年」「但願人長久，千里共嬋娟」，範文的威力可見一斑。

東坡詞　八十九　汲古閣

時君和醉倒須君扶我惟酒可忘憂一任劉玄
德相對臥高樓

又　丙辰中秋歡飲達旦大醉作此篇兼懷子由

明月幾時有把酒問青天不知天上宮闕今夕
是何年我欲乘風歸去又恐瓊樓玉宇高處不
勝寒起舞弄清影何似在人間　轉朱閣低綺
戶照無眠不應有恨何事長向別時圓人有悲
歡離合月有陰晴圓缺此事古難全但願人長
久千里共嬋娟

又　歐陽文忠公嘗問余琴詩何者最善答以退之聽穎師琴詩最善公曰此詩固奇麗然非聽琴乃聽琵琶也余深然之建安章質夫家善琵琶者乞為歌詞余久不作特取退之詞稍加檃括使就聲律以遺之云

昵昵兒女語燈火夜微明恩冤爾汝來去彈指
淚和聲忽變軒昂勇士一鼓填然作氣千里不
留行回首暮雲遠飛絮攪青冥　眾禽裏真彩
鳳獨不鳴躋攀寸步千險一落百尋輕煩子指

東坡詞　汲古閣

毛氏汲古閣本《東坡詞》

早前參加了由霍韜晦教授創辦的法住機構的中秋晚會，席上既有月餅、水果等應節佳餚，更有精彩的文化表演。蘇軾不會想到的是，晚會的表演娛樂都圍繞着他。晚會以遊戲方式展開序幕，玩的遊戲是「飛花令」。我們不是唐代文豪，飛花令也就簡單了許多，第一道題目是分成三組，因應中秋佳節，說出帶有「月」字的詩詞句子。李白的「牀前明月光」「舉杯邀明月」，杜甫的「今夜鄜州月」「四更山吐月」，王維的「明月來相照」「明月松間照」等等，固然膾炙人口，但第一位的分享者，說出的是蘇軾〈水調歌頭〉的第一句：「明月幾時有？」這可惹得蘇軾多麼的高興，不過，值得慶祝的事更是接踵而來。然後是香港名主播嚴力耕先生的詩詞吟誦表演，吟誦的作品有好幾首，其中又包括了蘇軾的〈水調歌頭〉。這可把蘇軾樂壞了，想不到自己的作品在千年以後仍然廣受歡迎！蘇軾雖然曾有「哀吾生之須臾，羨長江之無窮」的慨歎，但看來蘇軾作品也已不朽！第三個表演是樂器演奏，表演者用長笛吹奏，作品同樣是〈水調歌頭〉！幾項表演，三現〈水調歌頭〉，如要選舉最受歡迎的古代詞人，蘇軾當之無愧！

不喜裁剪以就聲律耳

蘇軾作詞，常有關於其詞作能否合律之討論。有謂蘇軾因不能唱曲，故詞作不協律，宋人彭乘《墨客揮犀》卷四便言蘇軾因不精於唱曲，故其詞不能歌唱。陸游《老學庵筆記》卷五對此嘗加辯解，以為蘇軾「非不能歌，但豪放不喜裁剪以就聲律耳」。據陸游的意見，大抵蘇軾能夠唱曲，所寫詞作可以歌唱，乃以其性格豪放，不欲遷就音律，故着意淡化詞作之音樂元素。蘇軾填詞當年是否能唱，已有爭論，但今人為了〈水調歌頭〉重新譜上樂曲，卻是在在可見。

鄧麗君（1983）和王菲（1995）分別有着題為〈但願人長久〉的一首名曲，唱得街知巷聞，填詞人便是宋代的蘇軾，內容乃是家喻戶曉的〈水調歌頭〉。〈水調歌頭〉原本是否合樂，不得而知，但台灣音樂人梁弘志作曲，為〈水調歌頭〉重譜新曲，使其可唱，誠為蘇軾的一大功臣。只要聽過鄧麗君與王菲的〈但願人長久〉，我們都會發現歌詞一致，但歌曲略有不同，那是出於王菲版本由辛偉力（Alex San）重新編曲。法住機構中秋晚會長笛表演所吹奏的，乃是辛偉力的版本。

如果打算唱歌然後應考的人要特別注意，鄧麗君和王菲的〈但願人長久〉有着「唯恐瓊樓玉宇」一句，其實「唯」字多作「又」，不少教科書、參考書皆寫作「又恐瓊樓玉宇」。因此，高歌一曲然後背默，恐怕未能取得滿分。涉乎此詞的版本異同。在薛瑞生《東坡詞編年箋證》裏，校記謂「又恐」，傅本、元本作「唯恐」。考「又恐瓊樓玉宇」一句，其平仄要求乃是「仄仄平平仄仄」，此中第四字為平聲，第二字、第六字為仄聲，第一字、第五字本仄可平，第三字本平可仄。「又」是仄聲字，「唯」是平聲字，用上「唯」字的好處，因第二字必為仄聲，則是平仄相間。一般而言，平聲字較為高揚，用於歌曲，或許更為適合。

舊詞新曲，附驥而行，文學與表演結合，詞本合樂，顯得更為合適。蘇軾〈水調歌頭〉雖然並非高中中國語文科的文言文範文，但作為經典作品，不少學校在初中時候已作講授。此外，因高中範文裏有蘇軾的《念奴嬌・赤壁懷古》，採用〈水調歌頭〉以作輔助，相得益彰，自是美事！

水調歌頭

丙辰中秋，歡飲達旦，大醉。作此篇，兼懷子由

明月幾時有，把酒問青天。不知天上宮闕，今夕是何年？我欲乘風歸去，又恐瓊樓玉宇，高處不勝寒。起舞弄清影，何似在人間。　轉朱閣，低綺户，照無眠。不應有恨，何事長向別時圓？人有悲歡離合，月有陰晴圓缺，此事古難全。但願人長久，千里共嬋娟。

〔校記〕

「又恐」，傅本、元本作「唯恐」。傅本「無眠」作「不眠」。

〔箋注〕

〔明月兩句〕李白《把酒問月》：「青天有月來幾時，我今停杯一問之。」　〔今夕〕《詩經·唐風·綢繆》：「今夕何夕，見此良人。」牛僧孺《周秦紀行》：「香風引到大羅天，月地雲階拜洞仙。共道人間惆悵事，不知今夕是何年。」　〔乘風〕《列子·黄帝》：「若人之爲我友，内外進矣。而後眼如耳，耳如鼻，鼻如口，無不同也。心凝形釋，骨肉都融，不覺形之所依，足之所立。隨風東西，

卷一　一六三

薛瑞生《東坡詞編年箋證》所見校記

「明月幾時有？」我們沒有忘記九百年前的蘇軾，經典的文學作品有着抗衰老的特異功能，在中秋佳節思念親人之際，〈水調歌頭〉必然載譽而來。蘇軾、蘇轍的兄弟之情，將會一直感動人心，淪肌浹髓。

（原載「灼見名家」網站，2023 年 10 月 16 日）

博文與約禮

每所學校，皆有校訓。人有我有，永不落空。香港中文大學的校訓是「博文約禮」，典出《論語》。我不會說校訓出自《論語》的某篇，乃因「博文約禮」四字，在《論語》裏凡三見。

> 《論語・雍也》子曰：「君子博學於文，約之以禮，亦可以弗畔矣夫！」(6.27)
>
> 《論語・子罕》顏淵喟然歎曰：「仰之彌高，鑽之彌堅。瞻之在前，忽焉在後。夫子循循然善誘人，博我以文，約我以禮，欲罷不能。既竭吾才，如有所立卓爾。雖欲從之，末由也已。」(9.11)
>
> 《論語・顏淵》子曰：「博學於文，約之以禮，亦可以弗畔矣夫！」(12.15)

查看大學網頁，並沒有指出「博文約禮」出自《論語》某篇，然觀其所引文字，則以《論語・雍也》所載為本。博文約禮四字釋義，大學網頁所說言簡意賅：「知識深廣謂之博文，遵守禮儀謂之約禮。」簡單的句子，深刻的寓意。博文與約禮，分工清晰，無分軒輕。

顏淵的慨歎

「博文約禮」三次出現，其中兩次文字較為接近。「博文」與「約禮」皆確切執行後，便可以不致於離經叛道。援引「博文約禮」，其實更應該細看顏淵喟然而歎的一段故事。

顏淵是孔子最為疼愛的學生，有一天突然發出一段感歎，以為老師（孔子）的學問愈看愈遙不可及。有一刻以為自己已在前面，忽然又掉到後面去了。孔子是教育大師，能夠做到循循善誘，以各種文獻（如《詩》《書》等）來豐富學生的知識，又用一定的禮節（六藝包括了「禮」）來約束學生的行為。想到這裏，顏淵連停止學習的想法都不可能。可是，作為孔門最佳學生的顏淵用盡了才力，似乎能夠單獨工作，正想向前邁進之時，卻又不知該如何接續下去了。

顏淵是孔門高材生，這裏發出了使人豔羨的慨歎。好學不倦的不單止是孔子，顏淵同樣具備對知識的無限渴求。「欲罷不能」地追求知識，肯定是日後學有所成的關鍵。「博我以文」說的是老師教導學科知識，有難度但也是老師的本分，不是真的難。在行為上，要做到「約我以禮」，乃是用一定的禮節來約束學生的行為，這一點便頗有難度。

三段《論語》之文，兩用「約之以禮」，一用「約我以禮」，究竟這個「之」是否等同「我」，歷代注釋向有爭論。歧解不在這裏處理了，但顏淵的故事在三段之中最為豐富，孔子用心教學之餘，更可見到顏淵作為學生的無盡付出。「博文約禮」是中文大學的校訓，《論語・子罕》的記載了師生的共同努力，更適合用作校訓的釋義。

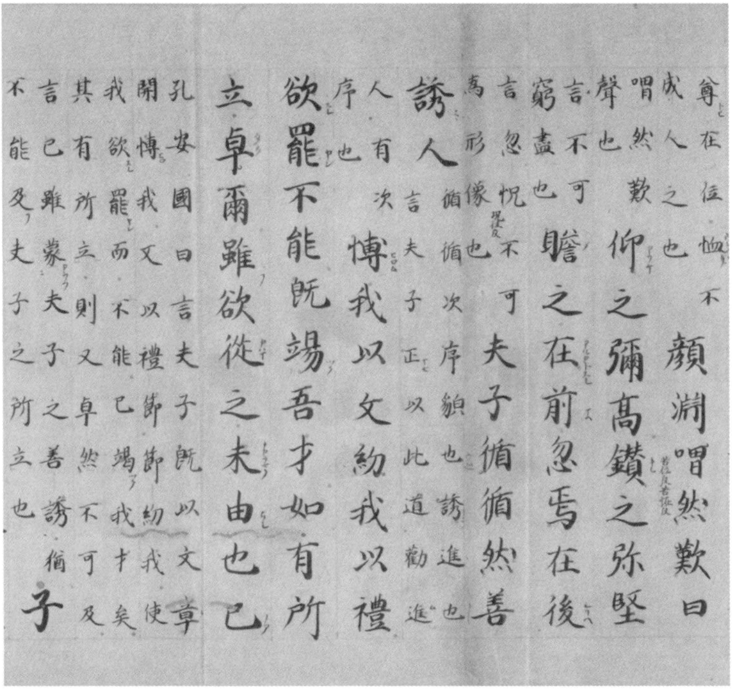
尊在位恤不
成人之也
顏淵喟然歎曰
喟然歎聲也
仰之彌高鑽之弥堅
言不可窮盡也
瞻之在前忽焉在後
言忽恍不可
為形像也
夫子循循然善
循循次序貌也誘進也
誘人
言夫子正以此道勸進
人有次
序也
博我以文約我以禮
欲罷不能既竭吾才如有所
立卓爾雖欲從之末由也已
孔安國曰言夫子既以文章
開博我又以禮節節約我使
我欲罷而不能已竭我才矣
其有所立則又卓然不可及
言己雖蒙夫子之善誘猶
不能及夫子之所立也
子

魏何晏註《論語集解》日本嘉曆 2 至 3 年（1327–1328）加州白山八幡院禪澄寫本

「約禮」比起「博文」更重要

在大學裏，術有專攻，雖然有通識課程共同修讀，但更多時候是你學的我不懂，我學的你也不懂。大學生在不同的學系，有不同的主修，學系老師每天努力授課，「博我以文」大抵沒錯。在大學階段的學問增益，應該也是不負「博文」二字。

「博文」與「約禮」，兩者並列，何者為重？我以為後者更為重要。為甚麼呢？大學生能夠「博學於文」，貴乎一己的自學能力。大學課程一個學期十三週，一年兩個學期合共二十六週。每年五十二個星期，大學生有一半時間不用上課。因此，大學生讀書讀得如何，關鍵不在上課，而是課後做了甚麼。每一科目的十三次課堂，完成了也不過是十三個引子。引子可以啟發同學進德修業，本是美事，但引子畢竟只是引子，不可能期待明白了引子便通曉了這門學科。

因此，學生如能在課後查找資料，到圖書館也好，上互聯網也好，學而時習之，便最理想。老師能為學生開了眼界，便是盡了「博我以文」的己任。只要緊記學習本為二字，也是兩個步驟，先學然後習，學而不習，與不學沒有分別。

「約禮」二字，知易行難。校訓不是口號，不是空喊幾次便有效果。要不枉「約禮」二字，要看看大學有些甚麼舉措可與此遙相呼應。回到大學網頁的說法上，「遵守禮儀謂之約禮」。看到這八個字，教人有點汗顏。小學、中學，老師進入教室，同學隨即起立，一同說聲「老師早晨」。大學呢，我在中文系任教超過十五年，肯定從沒有受過如此厚待。

人與人的基本尊重

近來在一次學生參加的講座上，喜見同學逐漸走出新冠疫情的陰霾，濟濟一堂，人頭湧湧。嘉賓落力演講，圖文並茂，聲情俱佳。我坐在第一排，回頭一看，發現竟有三分之一的同

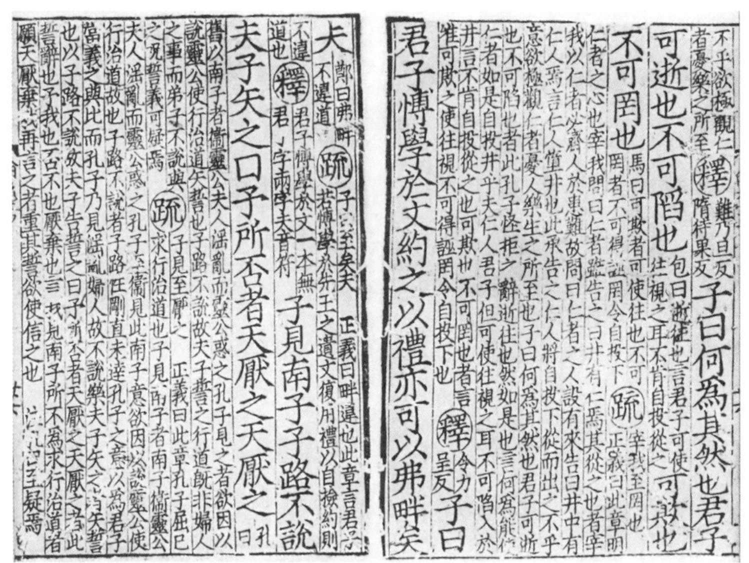

不乎欲極觀仁者憂樂之所至 釋 難乃旦反 隋待果反 子曰何為其然也君子可逝也不可陷也 包曰逝往也言君子可使往視之耳不肯自投從之 可欺也不可罔也 馬曰可欺者可使往也不可罔者不可得誣罔令自投下 疏 宰我至罔也 正義曰此章明仁者之心也宰我問曰仁者雖告之曰井有仁焉其從之也者宰我以仁者必濟人於患難故問曰仁者之人設有來告曰井中有仁人焉言仁人墮井也此承告之仁人將自投下從而出之不乎意欲極觀仁者憂人樂生之所至也子曰何為其然也君子可逝也不可陷也者此孔子拒之辭逝往也然如是也言何為能信仁者如是自投井乎夫仁人君子但可使往視之耳不可陷入於井言不肯自投從之也可欺也不可罔也者言雖可欺之使往視不可得誣罔令自投下也 釋 令力呈反 子曰君子博學於文約之以禮亦可以弗畔矣夫 鄭曰弗畔不違道 疏 子曰至矣夫 正義曰畔違也此章言君子若博學於先王之遺文復用禮以自檢約則不違道也 釋 君子博學於文一本無君字兩字夫音符 子見南子子路不說 孔曰 夫子矢之曰予所否者天厭之天厭之 舊以南子者衛靈公夫人淫亂而靈公惑之孔子見之者欲因以說靈公使行治道矢誓也子路不說故夫子誓之行道既非婦人之事而弟子不說與之呪誓義可疑焉 疏 子見至厭之 正義曰此章孔子屈己求行治道也子見南子者南子衛靈公夫人淫亂而靈公惑之孔子至衛見此南子意欲因以說靈公使行治道故也子路不說者子路性剛直未達孔子之意以為君子當義之與比而孔子乃見淫亂婦人故不說樂夫子矢之曰矢誓也以子路不說故夫子告誓之曰予所否者天厭之天厭之者此誓辭也予我也否不也厭棄也言我見南子所不為求行治道者願天厭棄之再言之者重其誓欲使信之也

魏何晏註、宋邢昺疏《論語註疏》1929 年中華學藝社珂羅版影印宋刊本

學在桌子上打開了手提電腦。他們並非查找甚麼資料，而是在忙着自己的事情，例如玩網上遊戲。如此無禮的表現，真教主辦單位蒙羞。我們都很擅長諉過於人，說甚麼這個年代便是這樣。我們如要做到「約禮」，自要表現出對講者的尊重，在別人演講時要收起電腦，不要低頭玩手機，不要肆意交談。而且，學生有錯，老師理應指出，不要以為潮流如此，便隨波而逐流。

想起從前讀過一篇文章，那是聯合書院校友王維基先生在 2015 年 11 月 6 日《頭條日報》所寫的〈作為聽眾的基本態度〉。王維基在文章裏回憶自己十數年前任大學某書院月會的主講嘉賓，而同學在講者演說時十分吵鬧，惹得自己怒火不停，破口大罵。文末有一句振聾發聵的話：「若這種『基本禮貌』連香港最頂尖的幾間名牌大學生都學不會的話，香港真的沒希望了。」二十多年後的今天，學生在參加此等活動時不單偶有交談，更大模斯樣將手提電腦拿了出來，做些自己想做的事情，仿如置身事外，對講者不尊重的弊況實在有過之而無不及，如何教人不痛心？我們常說大學是社會的縮影，那麼未來的社會是怎麼樣，如此表現無疑是一種預警。

國有國法，校有校規

國有國法，家有家規。小學有校規，中學也有校規，可惜的是中文大學只有「學業規則」，說的是註冊、費用、修業期限、科目規定及豁免等十五項事宜，而沒有大學校規。這個「學業規則」，除了最後一項名為「懲戒」跟學生品德稍有關涉以外，其他也不過是照本宣科的章程而已。沒有校規，也就等同說不出對學生德行的期許。

不同地方的高等學府，似乎都不流行校規。因此，我特別嚮往中文大學新亞書院的「新亞學規」，代表了創校先賢對大學生為學與為人的冀盼。「新亞學規」一共有二十四條，以下為第一、二條：

1、求學與作人，貴能齊頭並進，更貴能融通合一。

2、做人的最高基礎在求學，求學之最高旨趣在做人。

作人也好，做人也好，說的是為人處世的態度。大學除了校訓以外，究竟期待學生發展出怎樣的品德，高瞻遠矚的指示文字必不可缺。學業成績幫助不了太多畢業後的路，我們更期待才德兼備的大學畢業生，齊頭並進，也不負校訓「博文約禮」四字。

（原載「灼見名家」網站，2022 年 10 月 31 日）

博文約禮的三種體驗

傳統儒家文化的道理有如星羅棋布，多不勝數，學習起來並不困難，難度在於如何執行。宋人朱熹援引程頤所言，以為讀《論語》《孟子》要切乎己身，即讀書不單要明白字面上意思，更要貫徹執行，將所學視為與自己立身處世有莫大關係，這樣的讀書學習才算得上是成功。香港中文大學的校訓「博文約禮」典出《論語》，校訓是希望一校師生皆能遵守並執行的準則與道德規範。國有國法，家有家規，校有校訓。早前隨中文大學校友會聯會的成員參觀了聯會三所屬校的活動，對「博文約禮」又有了三種不同的體驗。

幼稚園：在寬敞的校園裏學習

第一站是先到位於馬鞍山的香港中文大學校友會聯會張煊昌幼稚園。學校在錦英商場裏，想起每天小朋友放學便可直接逛商場，實在是好不愉快！甫進校門，便見塗上中文大學校車圖樣的校務處。要知道，只要來過中文大學，從港鐵站進入校園，首先映入眼簾的也不是任何一幢教學大樓，而是一輛又一輛的校車，以及那些 1A、1B、2、3、4、5、6A、6B、7、8、N、H 的路線圖。我時常在課堂上戲言，大學的面積不夠大，便不要叫做大學了！使在校學生叫苦連天的校巴，想不到成為了幼稚園裏的中文大學地標！

有一段很長的時間，我住在馬鞍山，因此在小孩報讀幼稚園的時代，曾經四出參觀而來到這裏。彼時參觀的人很多，摩肩接踵，人山人海，意料之外在今次聯會參觀之時，卻發現這裏有着兩邊的教室，伴隨着一條偌大的走道。這條走道，如果可以的話，肯定會成為小朋友們每天駕駛着小車風馳電掣的賽車場。

老師們精心設計的信箱

近來看到朋友們在即時通訊軟件上聊天，提及香港出生率之低乃是名列前茅，然後便是一番爭論，吵得面紅耳熱。作為老師，我一直鼓勵學生要生育，此舉為人為己。沒有學生了，老師便會失業。小孩愈來愈少，幼稚園自是首當其衝。因此，在汰弱留強的時代，學校更要辦得比從前好。張煊昌幼稚園裏有每位老師親手所造的別致信箱，學生有些甚麼事情要告訴老師，便可將心聲寫在字條，放進信箱裏。以此方式鴻雁傳情，博學於文，約之以禮，其是之謂乎！作為一所擁有十四班的幼稚園，學生數量之多，印證了教學團隊的愛心滿溢。

小學：滿懷感恩之心的教室

從幼稚園、小學、中學，到升讀大學，我們總會身處在那些以善長人翁姓名而命名的大樓裏。習以為常以後，使我們忘記了事情背後的深刻意義，這些紀念大樓便是一例。善長人翁可以做的事情有許多，為何要捐獻給教育機構呢？這也絕非沽名釣譽可以解釋，試想想，世界上可以沽名釣譽的事情實在太多了，為何要將金錢花費在教育之上，投資的金額既多，回報的過程也十分漫長，並不划算。一切皆出於對人類文化事業可以延續的偉大抱負。

走在位於大圍顯徑的張煊昌小學，甫進校門，即可見由利國偉爵士所題的「香港中文大學校友會聯會張煊昌學校」十六個大字，然後署名「利國偉題」。這有甚麼大驚小怪呢？香港的大學、中學、小學，有人題名的大樓隨處可見，寫上某某人所題的也大有所在。重點是何謂「某人所題」？其實，某某所題，乃是書法落款，謂為某人所「題」，意即作者應了別人的要求，按照別人的意願來命題創作。因此，某某所題必然是書法字體，不當是中文電腦裏的任何電腦字體。

利國偉爵士所題的「香港中文大學校友會聯會張煊昌學校」

一所學校得以建立，不單只是感激一個人，當然即使是有多少具名的人，更要感激許多默默付出的無名氏。在張煊昌小學裏，我們一行參觀的中大校友，完完全全感受到中大校友對校友會聯會辦學的支持。不同的教室，無論是教員室、校園電視台、許多教室，甚至是校長室，皆由不同的中大校友命名。這種每個教室逐一由校友命名的舉措，象徵了中大校友不分彼此，同為知識傳授盡一份力。在這裏上課的學生，辦公的教職員，在學習工作之餘，滿懷感恩之心，誠為博文約禮的又一體驗。

中學：為未來夢想而奮鬥

這裏有兒子喜歡的魚池，也有女兒近來駐足而觀的鵲鴝巢，生機勃勃的是陳震夏中學的校園。學校與張煊昌幼稚園及小學同樣位於新界東，與中文大學校園遙相呼應。

人世間需要感恩的事情有許多，前述張煊昌小學裏有着以中大校友命名的教室，固為一例，但仍然遠不及陳震夏先生的故事感動人心。話說陳震夏有一萬元存款在恒生銀號，但在 1949 年後陳震夏返回內地，這筆存款在香港便一直無人認領。後來，何添博士與何善衡博士終在 1979 年於上海尋得陳震夏，並打算將一萬元存款連同三十年間增值的一億二千萬元的一併歸還，但陳震夏卻沒有自此盡享榮華富貴的打算，反而是將如此鉅款一分為三，一份作為子女的生活費，其餘兩份則在中港兩地推動教育、衛生及醫療事業。陳震夏中學便是得到了這筆捐助而興辦的，因感恩之心而辦學，果真是滴水之恩，湧泉相報。博文約禮的校訓，博文在於知識的傳授，約禮在於個人德行的整飭，陳震夏先生與兩位何博士的往事，真摯情感使人為之動容。

高錕未來教室

參觀陳震夏中學，在學生司儀和講解員的介紹下，我們一行人遊走在展覽廳、演講廳、圖書館，還有充滿高科技感覺的高錕未來教室。高錕教授是香港中文大學前校長，更是諾貝爾物理學獎的得主。在陳震夏中學有着如此的高錕未來教室，配合當今重視 STEM 學習的時代，高山仰止，景行行止，說不定這裏的中學生，有一天也會走上科研的道路，傳承着中文大學科學研究的求真精神！

「博文約禮」是香港中文大學的校訓，也是校友會聯會轄下各所幼稚園、小學、中學的校訓。儒家的大道理不光是書本上的知識，時常心懷感恩，博文之餘不忘約禮，成為學富五車的人，但對道德的追求更是時刻不忘，顛沛必於是，造次必於是，如此才不枉校訓「博文約禮」對我們的訓勉！

（原載「灼見名家」網站，2023 年 5 月 24 日，
本文圖一與圖三由劉鴻昌學兄拍攝，謹此致謝！）

最受歡迎的校訓：博學篤行

甚麼是「校訓」？《辭海》以為校訓是「學校規定的對全校師生員工有指導意義的應該共同遵守的訓詞。是學校倡導的一種風尚和行為準則」，《國語辭典》指出校訓是「學校教誨誡勉學生的訓辭」。在資訊爆炸的互聯網時代，我們也不妨看看百度百科的定義：「校訓是廣大師生共同遵守的基本行為準則與道德規範，它既是一個學校辦學理念、治校精神的反映，也是校園文化建設的重要內容，是一所學校教風、學風、校風的集中表現，體現學校文化精神的核心內容。文內介紹了中外學校校訓，校訓的比較，校訓的創作，校訓的作用。」結合以上三段解說，可作如此歸納與總結：校訓乃是一所院校所有成員共同遵守的準則與追求，一方面是辦學理念的反映，一方面是學校對學生的訓勉。

這些都是「博學篤行」的支持者

華語地區的高等學府，校訓院訓多來自中國傳統儒家經典。孔門儒家積極入世，着眼於人性的光明面，最適合用來勉勵青年學子。因此，尤其是《四書》，即《論語》《孟子》《大學》

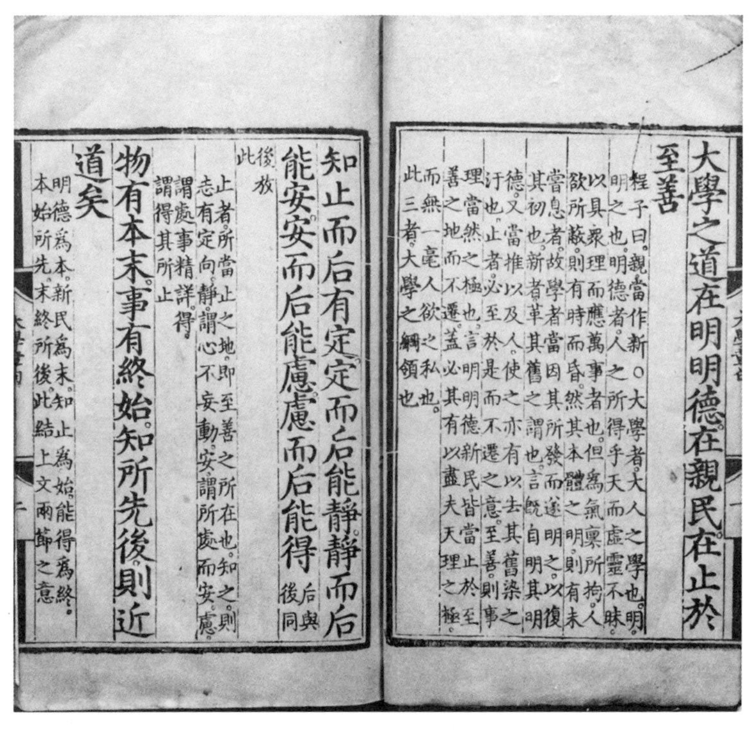

大學之道在明明德在親民在止於至善

程子曰親當作新。大學者大人之學也明明之也明德者人之所得乎天而虛靈不昧以具衆理而應萬事者也但爲氣稟所拘人欲所蔽則有時而昏然其本體之明則有未嘗息者故學者當因其所發而遂明之以復其初也新者革其舊之謂也言既自明其明德又當推以及人使之亦有以去其舊染之汙也止者必至於是而不遷之意至善則事理當然之極也言明明德新民皆當止於至善之地而不遷蓋必其有以盡夫天理之極而無一毫人欲之私也此三者大學之綱領也

知止而后有定定而后能靜靜而后能安安而后能慮慮而后能得

后與後同後放此

止者所當止之地即至善之所在也知之則志有定向靜謂心不妄動安謂所處而安慮謂處事精詳得謂得其所止

物有本末事有終始知所先後則近道矣

明德爲本新民爲末知止爲始能得爲終本始所先末終所後此結上文兩節之意

朱熹《大學章句》（明正統時期經廠刊本）

《中庸》，最受學院歡迎。例言之，香港中文大學校訓「博文約禮」，典出《論語》，語凡三見，分別在〈雍也〉〈子罕〉〈顏淵〉之篇。山東大學的校訓是「學無止境，氣有浩然」，後句出自《孟子．公孫丑上》的名篇「知言養氣」章。《大學》《中庸》並見《禮記》，至南宋時朱熹取之與《論語》《孟子》合為《四書》。香港中文大學崇基學院的校訓「止於至善」，聯合書院的院訓「明德新民」，皆出《大學》。至於《中庸》，在第二十章，有一

段文字頗受高等學府歡迎：「博學之，審問之，慎思之，明辨之，篤行之。」以下兩岸三地院校，皆用上了此句作為校訓或院訓（參自維基百科）：

安徽大學：至誠至堅　博學篤行

廣州大學：博學篤行　與時俱進

湘潭大學：博學篤行　盛德日新

貴州大學：明德至善　博學篤行

山東師範大學：弘德明志　博學篤行

安徽師範大學：厚德　重教　博學　篤行

西南政法大學：博學篤行　厚德重法

東北農業大學：博學篤行　明德親民

南方醫科大學：博學　篤行　尚德　濟世

北京外國語大學：兼容並蓄　博學篤行

香港中文大學伍宜孫書院：博學篤行

香港恒生大學：博學篤行

台灣中山大學：博學　審問　慎思　明辨　篤行

在諸校訓語之中，以台灣中山大學的「博學 審問 慎思 明辨 篤行」十字最引人注目。台灣中山大學本出國立廣東大學，在 1924 年成立之時，孫中山先生親題此十字校訓。後在台灣復校，仍以此十字為校訓。

香港中文大學伍宜孫書院院徽，呈圓形的設計仿如古代銅幣，中有院訓「博學篤行」四字

博學篤行的雙重意義

台灣中山大學的校訓是《中庸》此句十字並出，其他院校皆簡約為「博學篤行」四字。校訓的長度，足夠即可，「博學」與「篤行」，說的就只有兩回事，目標更為清晰明確。

「博學」很難做到，但不難理解。博學是廣泛地學習，豐富自己的學識。在每一所高等學府裏，學生術有專攻，文學院、理學院、商學院、醫學院、工程學院、教育學院、社會科學院等等，琳琅滿目，美不勝收。不同學院裏有着不同的主修，四年大學修讀無數多的學科，學術上的博學理應不難做到。

當然，博學不只限於主修學識的專攻，通識也是能夠博學的關鍵。通識教育教曉我們在主修學科以外的知識，打開了學生的眼界。我在求學階段讀了幾個通識科目，「中西文化特質比較」「中國哲學主流思想」「社會學與現代社會」等，從中所學到的知識，有時比起主修科目的更為牢記在心。大學通識教育更為重要的是培養學生的批判思維。批判思維並非肆意批

評，無的放矢，而當有着豐富廣博的學識，才可以就事情作出理性思考與分析。

「篤行」才是難處所在。《中庸》原文：「博學之，審問之，慎思之，明辨之，篤行之。」宋代朱熹注解以為「學、問、思、辨」四者，乃是「學而知也」，是為一類。至於「篤行」，則是「固執而為仁，利而行也」。簡言之，博學是指學習要廣泛涉獵，審問乃是要有目的地提問，慎思是要學習全面地思考，明辨所指為清晰的判斷。前面四者是學習，「篤行」則是用學習所得知識和思想以作實踐。

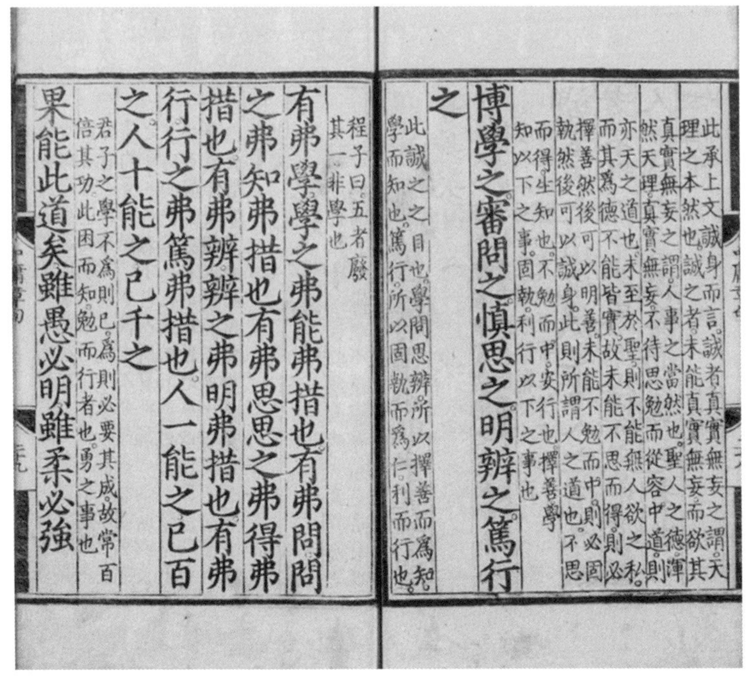

此承上文誠身而言。誠者，真實無妄之謂，天理之本然也。誠之者，未能真實無妄而欲其真實無妄之謂，人事之當然也。聖人之德，渾然天理，真實無妄，不待思勉而從容中道，則亦天之道也。未至於聖，則不能無人欲之私，而其爲德不能皆實。故未能不思而得，則必擇善，然後可以明善；未能不勉而中，則必固執，然後可以誠身。此則所謂人之道也。不思而得，生知也；不勉而中，安行也。擇善，學知以下之事；固執，利行以下之事也。

博學之，審問之，慎思之，明辨之，篤行之。

此誠之之目也。學問思辨，所以擇善而爲知，學而知也。篤行，所以固執而爲仁，利而行也。程子曰：五者廢其一，非學也。

有弗學，學之弗能弗措也；有弗問，問之弗知弗措也；有弗思，思之弗得弗措也；有弗辨，辨之弗明弗措也；有弗行，行之弗篤弗措也。人一能之己百之，人十能之己千之。

君子之學，不爲則已，爲則必要其成，故常百倍其功。此困而知，勉而行者也，勇之事也。

果能此道矣，雖愚必明，雖柔必強。

《四書章句集註》（明成化十六年吉府翻正統經廠本）

「篤行」的難度

「篤行」二字，貴乎將所學實踐。這是為學的最後階段，實踐所學，使所學能夠落實，達到了「知行合一」之境。大學之教，學生所學，究竟如何實踐，才不負「篤行」二字？以學士學位課程而言，香港中文大學共有七十一個學系，那麼職業是否只有七十一種？如果大學生畢業後沒有從事與主修學科相關的職業，那麼他又如何能夠做到「篤行」呢？

「篤行」看似與「學以致用」四字相關。我曾經聽過有人問理學院、工程學院的學生：「你們畢業後會成為科學家、工程師嗎？」學生回答說：「有許多同學在畢業後沒有從事與科學或工程相關的工作。」我對這個答案並不感到晴天霹靂。有些工作，如醫生、律師等，帶有很強的專業成分。如果醫學院和法律學院的畢業生不當醫生或律師，實際上是浪費了政府的資源。可是，有更多的學科，學生讀畢了也不過是開始，學以致用遙不可及，也似乎談不上「篤行」了。

那麼大部分學生都做不了「篤行」嗎？如有這樣的想法，看來是不甚明瞭「篤行」二字。實踐所學，不必只是課堂上修讀主修的學科。在大學裏，形式與非形式教育同樣重要，由此所學到的每件事，無論大小，以及當時看起來的重要性，假以時日，反過來必會影響日後所行的每一段路。例言之，求學時期參與了系屬會的學生活動，學到了許多與人相處的技巧，以及籌辦活動的方法。這些與主修學系無關，也很難談得上蘊含着學術成分。可是，如果能夠在日後工作時候運用上了這些方法與技巧，也是「篤行」的一種表現。

博學，使我們滿腹經綸；篤行，使我們學以致用。二者結合，乃是一眾大學對畢業生的期許。學問是一種「養兵千日，用在一時」的東西。我們不知道機會何時來臨，可讓所學而加以實踐。「博學」在先，「篤行」在後，如不「博學」，到了機會來臨的一刻，也就不能「篤行」了。

作為如此多高等學府所選用的校訓與院訓，「博學篤行」表明了學以致用的重要性，以及世人對實踐所學的重視。一句校訓，連結了校內與校外，難怪獲得了這麼多辦學者的歡心，可謂實至名歸！

（原載「灼見名家」網站，2022 年 11 月 8 日）